AF221114

ACHT LEBEN

Viktoria Hoffmann

Viktoria Hoffmann

ACHT LEBEN

8 Thriller

Informationen über die Autorin finden Sie hier:
www.secretstories.at

Originalausgabe
© 2020 Viktoria Hoffmann

Coverdesign:
Patricia von deincoverdesign.de

Herstellung und Verlag:
BoD – Books on Demand, Norderstedt

ISBN-13: 978-3-7519-8069-2

Bibliografische Information der Deutschen Nationalbibliothek:
Die Deutsche Nationalbibliothek verzeichnet diese Publikation
in der Deutschen Nationalbibliografie; detaillierte bibliografische Daten sind im Internet über http://dnb.dnb.de abrufbar.

Für Gerry

–

Beste Hälfte, Seelenpartner und
Liebe meines Lebens.

INHALTSVERZEICHNIS

VERBORGEN

Der Wind peitschte Claudia ins Gesicht. Zweige rissen ihre Haut auf. Die Kleidung hatte er ihr genommen. Sie rannte durch den dunklen Wald. Auf dem kalten, gefrorenen Boden, bedeckt von fauligen nassen Blättern, fanden ihre nackten Füße keinen Halt. Sie rutschte aus. Kroch auf allen vieren den kleinen Anstieg hinauf. Einzig die Hoffnung, bald auf Häuser zu stoßen, diesem Wald zu entkommen, trieb Claudia voran.

Panisch sah sie sich um. Ihr Verfolger war nicht zu erblicken. Entfernt hörte sie das Bersten, der am Boden liegenden Äste. Seine schweren Schritte. Sein schnaufender Atem wurde lauter. Er kam näher.

Sie übersah die weit aus dem Boden ragende Wurzel. Blieb mit dem rechten Fuß hängen. Prallte auf den harten Waldboden. Mit vor Kälte gefühllosen Fingern versuchte sie, nach etwas zu greifen. Sich hochzuziehen, aufzurichten. Ihr ganzer Körper brannte vor Schmerz. Die Unterwäsche zerrissen. Die Haut von Wunden übersäht.

Das Schnaufen kam näher. Der Boden erzitterte

unter seinem Gewicht. Sein Atem kam keuchend aus seiner Brust. Er hielt inne. Schlich auf sie zu. Kniete sich nieder. Strich ihr mit seinen Pranken sanft über die Wange. Sie warf ihren Kopf hin und her. Ihre Augen geweitet. Er hob sie hoch und trug sie zurück.

Zurück in die Hölle.

20 Jahre zuvor

Das Messer glitt ihr aus den blutbespritzten Fingern und landete klirrend auf dem grau gefliesten Boden. Erwacht aus einem Traum, starrte sie auf die beiden Toten vor sich. Überall Blut. Die Leiber eng umschlungen in einer letzten Umarmung. Kein Anfang, kein Ende. Ihre bettelnden Stimmen hallten in ihrem Kopf. Ihr Flehen.

Leise näherten sich Schritte und eine kleine, weiche Hand legte sich auf ihr Bein. Sie sah hinab in die großen blauen Augen ihres Sohnes. Kniete sich zu ihm, nahm ihn fest in die Arme und flüsterte: »Es wird alles gut, mein Kleiner. Mama muss sich überlegen, was jetzt zu tun ist, und du wirst auf das hören, was ich dir sage. Bist du mein braver Junge?«

»Mami, warum hast du Papa und der Frau wehgetan?«, fragte Michael. Seine Stimme zitterte.

»Weil sie es verdient hatten!«, kam es unwirsch und ohne jede Reue aus ihr heraus. Sie schloss die Augen und wiegte sanft ihren kleinen Sohn in den Armen.

Sah vor sich, wie alles seinen Anfang nahm.

***

»Markus, wohin fährst du? Warum lässt du uns allein?«, schrie Anna ihren Mann an.

»Gehst du zu einer von deinen kleinen Schlampen?« Ihr Speichel flog durch die Luft.

Genervt drehte Markus sich auf dem Absatz um. »Was geht es dich an? Du hast deinen Sohn und interessierst dich sowieso nicht mehr für mich. Jede Nacht hast du eine andere Ausrede. Es ist Jahre her, dass du für mich mal die Beine breitgemacht hast. Was glaubst du, wie lange ein Mann das aushält? Also hole ich es mir woanders. Sei froh, dass wir es nicht direkt vor deiner Nase treiben.« Mit einem lauten Knall fiel die Tür ins Schloss und er war fort, wie jede Nacht.

Wie konnte er so egoistisch sein? Immer geht es um seine Bedürfnisse. Sie war die Mutter seines Sohnes, zählte das gar nichts?

Mit hochrotem Kopf lief sie ins Schlafzimmer, holte einen Koffer aus dem Schrank und warf ihn auf das sorgfältig gemachte Bett. Falten bildeten sich auf der Bettwäsche und die akkurat ausgebreitete Decke verrutschte. Anna strich alles glatt. Sie hasste Unordnung im Haus.

Sie atmete tief ein, schloss die Augen und straffte die Schultern. Flink griff sie nach den nötigsten Sachen und stopfte alles in den Koffer. »Michael! Zieh dich an. Wie fahren für ein paar Tage zu Oma«, rief Anna über den Flur und Michael kam hüpfend zu ihr.

»Jaa, zu Oma in das Hexenhäuschen?« Aufgeregt klatschte er in seine kleinen dicken Händchen.

Den Namen Hexenhäuschen hatte das Haus nicht zu

Unrecht. Es lag einsam am Waldrand. Bis in den Ort waren es fünfzig Minuten zu Fuß. Anna war diesen Weg oft gegangen. Und sie hatte diese Abgeschiedenheit verflucht. Keiner ihrer Freunde besuchte sie.

Ihre Mutter wollte diese Isolation. Verbittert vermied sie jeden Kontakt zu anderen Menschen. Jeden Tag trichterte sie Anna ihr Gift ein. Hatte sie am Ende Recht? Von Anfang an hatte sie gesagt, dass Markus kein guter Mann wäre. Dass er stets hinter den Weibern her sein würde, wie ihr Vater. Jetzt war er das nicht mehr.

Er hatte es mit ihr versucht, aber sie ekelte sich davor, wenn er ihr zwischen die Beine fasste oder gar verlangte, dass sie seinen Penis in den Mund nahm.

Sie schüttelte sich, schüttelte alles ab. Er wird zur Vernunft kommen, sie und Michael waren seine Familie, das zählte mehr. Die nächsten Tage würde er merken, wie es ohne sie war. Eine Scheidung kam nicht in Frage. Sie musste Markus davon überzeugen, dass sie und Michael wichtiger waren und nicht all diese kleinen Dirnen.

Anna wurde ungeduldig. Markus meldete sich nicht bei ihr. Drei Tage waren sie inzwischen fort. Kein Anruf, keine Frage, wo sie sind? Wann sie wiederkommen? Vielleicht vergrub er seine Angst und saß allein in ihrem Haus, unsicher was er tun sollte. Sie musste zurück und ihm helfen. Er wird die Lektion verstanden haben.

Entschlossen wuchtete Anna den Koffer aus dem Auto, nahm die Hand ihres Sohnes und sagte zu ihm: »Schau, Papas Wagen ist da. Er wird bereits auf uns warten.« Ihre Augen strahlten und sie freute sich darauf, ihren Mann zu überraschen.

In Gedanken malte sie sich aus, wie er sie freudig in die Arme schließen und ihr gestehen würde, was für ein Idiot er war und wie wahnsinnig er sie und ihre kleine Familie liebte.

Sie steckte den silbernen Schlüssel in das Schloss und öffnete die Tür. Den Koffer ließ sie im Flur stehen und lief, ihren Sohn an der Hand mitziehend, in Richtung Wohnzimmer. Sie rief Markus Namen, bekam keine Antwort.

Keuchen, Stöhnen, kehliges Grunzen durchdrang das ganze Haus. Tierische Laute, die sie nicht einzuordnen vermochte.

Auf der Schwelle zu ihrem penibel und sorgfältig eingerichtetem Wohnzimmer blieb sie abrupt stehen. Keinen Millimeter brachte sie ihre Füße voran. Hielt den Atem an. Das Bild vor Ihren Augen verschwamm zu einer einzigen Masse aus sich windenden Körpern.

Markus, der es auf ihrer Couch mit einer dieser Frauen trieb. Der gierig an den Brustwarzen dieser Schlampe saugte, sich in ihrem Fleisch festkrallte. Sie sah, wie sein harter Schwanz in diese Frau eindrang, immer tiefer und wie sie ihre langen Beine enger um seine Hüften schlang.

Anna schlich auf sie zu.

Auf dem Glastisch stand eine Flasche Champagner, die Gläser halbvoll. In einer Schale lagen Erdbeeren und daneben lag ein scharfes, spitzes Obstmesser.

Ihre Finger griffen nach dem Messer, umfassten es fest. Schritt für Schritt näherte sie sich den beiden wilden Tieren.

Markus stöhnte und seine Stöße wurden schneller. Sie wartete, bis sich sein Oberkörper im Höhepunkt aufbäumte. Rammte ihm das Messer tief in den Hals. Das Blut schoss aus seiner Arterie und er klappte auf seiner Hure zusammen.

Das Mädchen schrie, flehte und bettelte. Versuchte, den to-
ten Körper von sich hinunter zu stoßen, er war zu schwer. Und
Anna zu schnell.

Mit voller Wucht stieß sie ihr die Klinge in die Kehle und
dann in ihre riesigen Brüste. Alles zerstören, was ihr den Mann
weggenommen hatte.

***

Jetzt

Das Kreischen einer Motorsäge weckte Claudia. Sie
versuchte, die Augen zu öffnen. Das Kissen, auf dem
sie lag, verströmte einen muffigen Geruch und der
ganze Raum war in dämmriges, gelbes Licht gehüllt.

Ledergurte waren um ihre Brust und ihre Hüfte ge-
schnallt. Sie vermochte es nicht sich aufzurichten.
Ihre Hände und Füße gefesselt mit einem rauen abge-
nutzten Seil. Die Kälte durchdrang jede Faser ihres
Körpers. Sie zitterte. Vorsichtig drehte sie ihren Kopf
zur Seite.

Es gab ein kleines Fenster. Draußen schneite es
und die Flocken fielen friedlich und sanft zu Boden.
Tränen rannen ihr über das Gesicht.

Die Säge war verstummt und sie hörte seine
schweren Schritte. Er kam näher.

Die Arme voller Holzscheite stand er in der Tür.
Lauerte. Schlurfte an ihr vorbei und ließ die Scheite
neben dem Ofen auf den Boden krachen.

Sein Blick fiel auf eine Fotografie, die gerahmt auf der kleinen Kommode am Fenster stand. Claudia erkannte eine Frau mit langen dunklen Haaren darauf, die ernst in die Kamera schaute. Den linken Arm krampfhaft, schützend um die Schultern, des Jungen neben sich gelegt. Ein Junge, der mit leeren Augen zum Horizont starrte.

Um das Bild lagen allerlei Ohrringe, Armbänder, Ketten und Haarklammern verteilt. Eine dicke Staubschicht hatte sich auf ihnen gebildet. Ein Stillleben aus einer vergangenen Zeit.

Durch das Fenster sah er den Schnee fallen. Erinnerungen drängten sich in sein Bewusstsein. Ein Lächeln huschte über seine Lippen.

Mit der rechten Hand zog er die Schublade auf und nahm die Messer hervor. Sorgfältig legte er sie vor sich auf den Tisch. Jede Klinge glänzte, das Metall spiegelte sein Gesicht. Die sichelförmige Narbe auf seiner linken Wange, die blauen, müden Augen.

Ein Geräusch aus dem Nebenzimmer ließ ihn herumfahren. Er hörte ihr gequältes Stöhnen. Sein Blick wanderte zurück zu den stählernen Klingen vor ihm.

Mit dem Schleifstein bearbeitete er jedes Messer sorgfältig, ließ ihre scharfen Kanten über die Kuppe seines Daumens gleiten. Es war so weit. Von der Tür beobachtete er, wie sie sich auf der harten Liege wandte. Die Haut an ihren Knöcheln und Handgelenken war wund gescheuert. Rote Striemen zeichneten sich ab. Er genoss ihre Qual. Trat zu ihr und beugte sich nah an ihr Gesicht.

Sie kniff die Augen zu. Falten bildeten sich in ihren Lidern. Sanft strich er mit der Klinge über ihre weiche, helle Haut. Fuhr mit der Spitze zwischen ihren Brüsten entlang. Sie zitterte. Ihre Brustwarzen richteten sich auf. Er grunzte. Seine Lippen formten sich zu einem Strich.

Immer wieder setzte er an und ritzte ihre Haut auf. Blut rann überall aus kleinen Wunden.

Claudia öffnete die Augen. Schaute an ihrem verletzten Körper hinab. Das glänzende Metall schliff von ihrem Bauch, über ihre Leiste bis zur Innenseite ihrer Schenkel. Eine Spur aus Blut zeichnete den Pfad. Mit letzter Kraft bäumte sie sich auf, zerrte an den Riemen, versuchte zu entkommen.

Doch seine linke Hand presse ihre Hüfte fest auf die Liege. Mit der Rechten dreht er das Messer mit der scharfen Seite nach oben und zerfetzte ihren Slip. Sie riss den Mund auf und schrie, röchelnde Laute drangen aus ihrer Kehle.

»Sieh, wie sie mir ihr Becken entgegenstreckt, wie sie sich mir darbietet. Du hattest Recht Mutter, sie sind alle gleich. Keine ist unschuldig. Sie verderben uns und gehören bestraft.« Er achtete darauf, dass Mutter ihm zusah. Das sie seine Arbeit würdigte und stolz auf ihn war.

Konzentriert drehte er die Klinge. Hielt inne und genoss ihren Anblick, streifte mit seinen Augen über ihren ganzen Körper. Spreizte mit der rechten Hand ihre Schenkel und fuhr sanft mit der Messerspitze ihre Schamlippen entlang. Er bemerkte, wie sie die Augen schloss. Sie schien es in vollen Zügen zu genießen.

Seine linke Hand ließ er über ihren blutüberströmten Bauch wandern. Riss die Wunden erneut auf. Er knetete ihre Brust, grub seine Fingernägel in ihre Haut. Tiefes Stöhnen erbrach sich aus seiner Kehle und ließ ihn zusammenfahren. Sein hartes Glied pochte schmerzhaft. Erschrocken sah er sich um.

»Das verstehst du unter Bestrafung? Reiß dich zusammen und lass deinen Schwanz in der Hose! Du bist wie dein Vater. Eine einzige Enttäuschung«, hörte er die herrische Stimme seiner Mutter.

Er zitterte. Er hatte sie enttäuscht.

Entschlossen griff er nach dem Messer. Er betrachtete Claudias Körper und Ekel überkam ihn. *„Wie konnte er so die Kontrolle verlieren?"*, fragte er sich und überlegte, wie er es am besten zu Ende brachte. Das Leben aus ihrem Körper ziehen, jeden Funken erlöschen.

Langsam und fest fuhr er mit der Spitze des Messers bis hinauf zu ihrer Kehle. Das Blut floss aus den tiefen langen Rissen in ihrer Haut. Er schlug ihr ins Gesicht. »Wach auf, du kleine Hure!«, schrie er. »Sieh mich an, während du die Strafe für dein elendes Leben erhältst.«

Kurz öffnete sie die Augen. Er schüttelte sie heftig. Jetzt hatte er ihre Aufmerksamkeit. Ihr Blick versank in seinem. Mit der rechten Hand drückte er ihre Kehle zu. Sah wie sie ihre Lider weit aufriss. Er quetschte ihre Luftröhre. Ihr Kehlkopf zerbarst unter dem Druck seiner Finger.

Er neigte seinen Kopf nah über ihren, roch ihren Schweiß und starrte ihr in die Augen. Drückte noch einmal fest zu und genoss die Sekunden, in denen das Leben aus ihrem Körper verschwand.

Keuchend stand er neben der Liege. Betrachtete das tote Stück Fleisch. Es war geschafft. Seine Mutter nickte ihm zufrieden zu.

Claudias lebloser Körper wog schwer in seinen Armen. Behutsam hob er sie aus seinem Wagen. Die Rückbank hatte er diesmal nicht mit Folie ausgelegt, er hatte es vergessen. Ihren kalten Körper presste er eng an sich. Ihr Kopf fiel auf seine Schulter und er legte seine Wange auf ihr Haar.

Manchmal fragte er sich, ob seine Mutter Recht wirklich gehabt hatte? Dann hörte er ihre mahnende Stimme in seinem Kopf. Schüttelte seine massigen Schultern und konzentrierte sich auf das, was zu erledigen war.

Er schlitterte den schmalen Weg zum Ufer entlang. Der Boden war gefroren und an einigen Stellen spiegelglatt. An der Böschung angekommen lag der Fluss vor ihm wie ein alter, vertrauter Freund. Aufgewühlt war er heute. Das dunkle Wasser brach sich stürmisch Bahn. Kleine Wellen tauchten auf und versanken in der Tiefe. Ein großer Ast trieb vorbei und er folgte ihm mit den Augen. Immer weiter nahm ihn das Wasser mit, trug ihn an ein fernes Ziel.

Sehnsucht erfüllte ihn bei dem Gedanken, sich treiben zu lassen. *Hatte er deshalb immer dieses nasse Grab gewählt?* So entkamen sie wenigstens nach dem Tod ihrem Leben. Diesen Abschied schenkte er ihnen.

Langsam stieg er die Böschung hinab, einen Fuß vor den anderen und hielt ihren Körper fest. Noch ein paar Schritte in den Fluss, bis ihm das Wasser an den Hüften stand. Die Strömung war stark und er brachte alle Kraft auf, um nicht mitgerissen zu werden.

Claudias Körper ließ er auf das eisige Wasser sinken. Hielt sie fest, schützend vor den Wellen, die an ihren Gliedmaßen zerrten.

Dann ließ er sie los. Mit rasender Geschwindigkeit trug der Fluss sie davon. Zog sie in das eisige Wasser hinab.

Lange blieb er stillstehen und sah ihr nach. Schneeflocken fielen vom Himmel und ließen sich auf seinem Haar und seinen Armen nieder. Winzige Kristalle, keines glich dem anderen. Auf dem Wasser lösten sie sich sofort auf. Hatten nie existiert.

Er hob sein Gesicht zum Himmel und die weichen Flocken kühlten seine Haut. Sie schmolzen und rannen wie Tränen seine Wangen hinunter.

Mutters Stimme in seinem Kopf drängte ihn nach Hause. Er rührte sich nicht. Hier war alles herrlich still. Er schloss seine Augen, ignorierte Mutter und stieg weiter in den Fluss. Das eiskalte Wasser umschloss seine Brust. Er bekam keine Luft. Riss die Augen auf. Suchte nach einem Halt. Seine Hände griffen ins Leere. Mit den Armen ruderte er wild umher. Schwimmen war ihm verboten.

Der Fluss zerrte an ihm, nahm ihn mit in die Tiefe. Das letzte Geschenk. Die Wellen umspülten sein Gesicht. Er sank mit dem Kopf unter Wasser. Seine Mutter schrie, er solle kämpfen oder wolle er ein Schwächling sein, wie sein Vater? Er ertrug es nicht mehr. Endlich Stille. Er ließ los.

FESSELN

Brennendes Licht drang durch Julias Lider. Dumpf hörte sie Stimmen und Geräusche wie von klapperndem Besteck. Es wurde hell. Grell. Beißend. Die Stimmen lauter. Wortfetzen drangen an ihr Ohr, undeutlich und schwammig. Sie öffnete ihre Augen. Hände hielten blutige Messer und Zangen. Feucht glänzendes Metall, brach das gleißende Licht in einzelne schneidende Strahlen.

Sie zwang sich, ihre Gedanken zu ordnen, aber ihr Hirn gab ihr nur ein unscharfes Bild wieder. Was war hier los?

Sie kniff die Augen fest zusammen. Sammelte all ihre Kraft. Schatten legten sich über sie. Sie schaute nach oben. Fremde, blaue Augen glotzten sie an, entsetzt, ungläubig und zornig. Sie versuchte, den Kopf zu heben, versuchte etwas zu den Anderen im Raum zu sagen, um Hilfe zu flehen. In ihrem Mund steckte irgendetwas, verschloss ihre Kehle. Sie brachte kein Wort heraus.

Panisch bäumte sie sich auf. Warf ruckartig den Kopf von einer Seite zur anderen. Überall Augen und blutbespritzte Messer. Sie kamen näher, trachteten, sie aufzuschneiden, ihre Haut zu zerfetzen, jede Sehne zu durchtrennen. Mit aller Kraft zog Julia an den Schläuchen. Versuchte, das Ding aus ihrem

Hals heraus zu würgen. Strampelte mit den Beinen, um die vielen messerbestückten Hände abzuwehren. Es gelang ihr nicht.

»Dr. Sailer was ist los? Die Dosis ist zu gering. Warum unternehmen Sie nichts?«, rief eines der Augenpaare über ihr. Kam nah an ihr Gesicht, griff nach ihren um sich schlagenden Händen und drückte sie auf die Matte, auf der sie schutzlos und ihnen ausgeliefert lag.

Wie Schraubzwingen quetschten sich diese Gummifinger um ihre Handgelenke. Die Messer fielen zu Boden. Die Hände griffen nach Julias Füßen, ihren Schenkeln und hielten sie gefangen.

Die blauen Augen über ihr kamen in Bewegung, entfernten sich aus ihrem Blickfeld. »Fixiert sie!«, schrie eine Frau.

Immer mehr Hände schlangen Bänder um ihre Gelenke, zogen fest zu. Zwangen Julia in völlige Bewegungsunfähigkeit. Eine Nadel bohrte sich in ihren Arm. Nebel legte sich über sie, tauchte ihr Gehirn in einen Bausch aus Watte. Die blauen Augen schauten sie an, zornig und entschlossen.

10 Jahre später

Julia hörte ihn wieder und wieder. Diesen genervten, anklagenden Tonfall. »Was ist passiert?« Die gleichen Worte, die gleiche Stimme.

Zehn Jahre war es her.

Er stand direkt hinter ihr. Sie traute sich nicht, sich umzudrehen, hatte Angst vor dem Ungeheuer, das er in ihrem Kopf war.

Mit zitternden Händen legte Julia ihre spärlichen Einkäufe auf das Band, verstand nicht, was die Verkäuferin zu ihr sagte. Hörte ihn immer lauter. Ein Dröhnen in ihrem Kopf. Sie kniff die Augen zu.

»Sie müssen weiter gehen, Sie halten hier alles auf!«, fauchte er sie an. Erschrocken schaute sie hoch, in diese Augen. Wie vor zehn Jahren. Das Ungeheuer erkannte sie nicht.

Der Junge neben ihm schluchzte und Tränen flossen über sein Gesicht. Er hielt einen Schokoriegel krampfhaft in seinen Händen fest, die Schokolade quoll am Rand aus dem bunten Papier und hatte sich auf seinem gesamten T-Shirt verteilt. Julia senkte den Blick und räumte ihre Sachen in ihren dunkelblauen Stoffbeutel.

Fest drückte Julia die Tür hinter sich zu. Versperrte alle drei Schlösser und legte die Sicherheitskette vor. Ihre Einkäufe trug sie in die Küche.

Sie setzte sich an den kleinen quadratischen Holztisch in der Küche, schaute grübelnd aus dem Fenster, die Scheiben waren fleckig vom letzten Regen. Widerspenstig knarrte die Schublade, die direkt vor ihr im Tisch eingebaut war. Julia zog sie auf und zerrte den gelben Falthefter heraus. Schlug ihn auf und las. »Gutachten intraoperative Wachheit – Patientin Julia Kappl, 15. Juni 2008«

***

Ihr Schädel brummte. Hämmernde, stechende Schmerzen bahnten sich ihren Weg durch ihren Kopf. Mit kreisenden Bewegungen massierte Julia ihre Schläfen. Es half nicht. Seufzend stand sie auf, hielt sich mit den Händen an der Tischkante fest und atmete tief ein, schöpfte Kraft, um den Weg ins Bad zu meistern. Die Tabletten lagen griffbereit. Sie drückte gleich zwei aus der Aluminiumpackung und spülte sie mit einem Schluck Wasser hinunter. Umklammerte den kühlen Keramikrand des Waschbeckens. Schleppte sich zum Sofa und wartete, dass die Tabletten wirkten.

Zwei Stunden später wachte Julia auf. Ihr Kopf lag verdreht auf der Sofakante. Mit den Händen rieb sie über ihre Augen, ihr Gesicht. Die raue, trockene Haut schuppte unter ihren Fingern. Stöhnend stand sie auf und massierte ihren Nacken. Die Kopfschmerzen war sie los und ihr Gehirn setzte die letzten Gedanken zusammen. *Dr. Alexander Sailer!*

Julia tappte benommen in die Küche, der gelbe Falthefter und ihr Notizblock lagen auf dem Tisch. Ihr alter Laptop stand aufgeklappt daneben. Sie drückte die Entertaste. Auf dem Bildschirm erschien der Artikel, den sie sich zuletzt angesehen hatte.

Ein medizinisches Magazin berichtete über den neuen, bemerkenswerten Anästhesisten Dr. Alexander Sailer. In Wien hatte er sein Medizinstudium in Rekordzeit absolviert. Nur beste Noten, der absolute Überflieger. Julia schüttelte den Kopf, setzte sich erneut vor ihren Computer und studierte den Artikel ein weiteres Mal. Klickte sich durch alle Links und alle Bilder.

Eine der wichtigsten Regeln für jeden Journalisten: »Gebt euch nie mit Informationen zufrieden, die an der Oberfläche schwimmen, wühlt den gesamten Meeresgrund auf, wenn es nötig ist.«, trichterte ihr damaliger Professor seinen Studenten ein.

Zehn Jahre war es her, dass sie alles hingeschmissen, alles aufgegeben hatte. Sie ertrug sie nicht mehr. Die Menschen im Hörsaal, in der U-Bahn, auf der Straße. Ein Jahr lang hatte Julias Mutter ihr alle Einkäufe gebracht. Bis sie es nicht mehr ertrug. Sie brach in Tränen aus, jedes Mal, wenn sie Julia sah. Ihre junge, lebendige Tochter, mit so vielen Ideen und Träumen im Kopf, hatte sich in ein lebloses, durchsichtiges Geschöpf verwandelt. Ihre Julia war nicht mehr da. Sie hatte sie an diesem Nachmittag, in diesem Operationssaal verloren.

Tränen liefen Julia über die Wangen, ihre Augen brannten. Seit Monaten hatte sie ihre Mutter nicht mehr gesehen.

Mit den Tränen kroch langsam und vorsichtig ein neues Gefühl in ihr hoch. Wut. Wut auf den Menschen, der verantwortlich war. Zum ersten Mal seit zehn Jahren erwachte etwas in ihr. Sie schmeckte den Hunger auf ihr Leben förmlich auf der Zunge. Ihr Leben. Ihr ich. Sie wollte es zurückhaben.

***

Sie hatten bereits angefangen. Julia schloss die Tür hinter sich und setzte sich, eine Entschuldigung murmelnd auf den leeren Stuhl. Die Therapeutin nickte ihr aufmunternd zu. Denn die letzten beiden Gruppensitzungen hatte sie geschwänzt. Sie hatte keine Lust, fortwährend das gleiche zu erzählen. Es brachte nichts.

Aus den Augenwinkeln beobachtete sie ihn. Martin. Seine zerzausten Locken gaben ihm einen jungenhaften Ausdruck. Nur in seinen braunen Augen lag eine gewisse Stumpfheit, sie schienen leer und hoffnungslos.

Erst vor einem Monat hatte er seine Geschichte erzählt. Seit über fünf Jahren kämpfte er gegen seine Drogensucht. Das Zeug hatte ihm sein Medizinstudium versaut und seine Familie mied bis heute jeden Kontakt mit ihm. Ein Junge aus »gutem Hause«, dem passiert so etwas nicht, und wenn, dann lässt er sich nicht erwischen. Wie er. Ein gefundenes Fressen für die lieben Presseleute. *Sohn des bekannten Baumoguls, angehender erfolgreicher Chirurg - im Drogensumpf abgestürzt.* Lauteten zahlreiche Schlagzeilen.

Sein Vater vollkommen geschockt und nicht gewissenlos genug, um alles zu vertuschen. Andere waren besser weggekommen.

Alexander war besser bei weggekommen. Er kannte ihn.

»Hallo, Martin«, sagte Julia und trat auf ihn zu. Die Sitzung war zu Ende und jeder schnappte sich im Hinausgehen einen Kaffee und ein paar Kekse für den Heimweg.

»Ähm, Julia. Richtig?« Martin sah sie mit gehetztem Blick an. Sie hatten noch nie miteinander gesprochen.

»Ja, ich wollte dich etwas fragen.« Julia kramte in ihrer Tasche und zog ein gefaltetes Blatt Papier hervor. »Das bist du auf dem Bild, oder?« Sie hielt ihm den Ausdruck direkt vor die Nase.

Er nickte.

»Und neben dir, das ist Alexander Sailer?«

Wieder nur ein Nicken. »Was willst du von mir?«, schnauzte er sie an. Drehte sich um und wollte zur Tür.

Julia griff nach seinem Arm und hielt ihn zurück. »Du musst mir helfen. Du hast letztens erzählt, dass du damals mit einem Studienkolleg beim Dealen geschnappt worden bist. Sein Vater ihn aber raus geboxt hat. War er das?«

»Ja.« Martin spie die Antwort auf den Boden.

»Gibt es noch etwas von damals? Fotos? Dokumente? Irgendetwas?«

»Mädchen, die haben uns wegen Handel mit Propofol hochgenommen und alles einkassiert. Wenn ich etwas hätte, das diesen Bastard belasten würde, säße ich jetzt nicht hier. Was willst du überhaupt von ihm?«

»Er ist doch Anästhesist. Er war mein Anästhesist!« Julia fixierte seine Augen.

»Ok, ich schaue daheim nach, ob ich noch was finde.«

»Danke«, sagte Julia und ließ seinen Arm los.

Sie drückte sich in den Hauseingang. Der raue Putz der Fassade schürfte die Haut ihrer Arme auf. Vorsichtig wagte sie einen Blick um die Ecke. Wie geplant stieg er aus seinem Auto aus Er würde nie mit der U-Bahn oder gar mit dem Bus in die Stadt fahren. Eilig lief er die Stufen zum Marktgelände hinauf, wo sich unzählige Touristen zwischen den Ständen tummelten und begierig die feilgebotenen Kostproben an Obst, Falafel und Süßigkeiten inhalierten.

Julia folgte ihm. Immer wieder sah er auf seine Uhr und hastete zu den Restaurants am Markt. Beim »Neni« blieb er stehen und schaute sich kurz unter den Gästen um. Eine Frau winkte ihm zu. Ihr blondes Haar fiel in leichten Wellen über ihre Schultern, eine große Sonnenbrille verdeckte die Augen. Er beugte sich zu ihr hinab und gab ihr einen flüchtigen Kuss auf die, mit Rouge geschminkte Wange.

Julia schlich an der Ecke des Lokals gegenüber auf und ab. Beobachtete. Rasch schoss sie mit dem Handy ein paar Fotos, bevor die Kellner argwöhnisch wurden und sie verscheuchten.

Dann lief sie zur U-Bahnstation. Außer Atem hetzte sie die Rolltreppe hinunter. Sie hörte die einfahrende Bahn. Der Luftstrom zog sie näher. Der Waggon war leer und Julia hatte einen Viererplatz für sich. Die roten Plastiksessel sahen fleckig und klebrig aus, sie würde ihre Jeans direkt waschen, sobald sie zu Hause war.

Mit der rechten Hand umklammerte sie ihr Handy,

sie löste die verkrampften Finger und klickte durch alle Fotos, die sie bisher geschossen hatte. Gestern beim Joggen hatte sie ihn perfekt getroffen. Versteckt in einem dichten Strauch hatte sie gewartet. Wie jeden Tag kam er um sieben Uhr vorbei. Es war so leicht. Er war so berechenbar. Und morgen früh würde sie erneut auf ihn warten.

Seit einer Woche beobachtete sie die Ein- und Ausgänge des Krankenhauses. Am einfachsten würde es in der Parkgarage werden. Er hatte einen persönlichen Parkplatz. Sie brauchte nicht lange suchen. Im Kopf sah Julia sein verdutztes Gesicht vor sich, freute sich auf seine Verzweiflung, wenn er erkannte, dass sein perfektes Leben aus dem Gleichgewicht geriet.

***

»*I'm a shooting star...*«, sang Alexander laut den Queen Song mit, der aus den Lautsprechern der Tiefgarage dröhnte. Federnd lief er zu seinem Wagen, ein blutroter Mustang Shelby mit hellbraunen Ledersitzen.

Zärtlich streichelte er über das Dach, betrachtete versonnen den glänzenden Lack. Zufrieden kramte er den Schlüssel aus seiner Hosentasche, steckte ihn in das silberne Schloss und öffnete die Tür. Ein überwältigender Duft nach Leder strömte ihm entgegen.

Ein knackendes Geräusch riss ihn aus seiner Fantasie. Er schaute irritiert zu Boden. Unter seinem rechten Fuß lag ein schwarzes Handy. Es sah vollkommen neu aus, nur die Plastikhülle hatte einen Bruch von seinem Tritt abbekommen.

Er hob das Telefon auf und schaltete es ein. Seine Finger krampften sich um den Rand, der Schweiß brach ihm aus.

Der Bildschirm zeigte ein Foto von ihm. Aufgenommen vor 10 Jahren. Das war unmöglich. Er überlegte fieberhaft, ob er eines seiner alten Handys irgendwo liegengelassen hatte? Selbst wenn, er hatte die Fotos gelöscht. Damals. Alles hinter sich gelassen.

Das Handy schien ihn zu verhöhnen. Er setzte sich auf den Fahrersitz, tippte auf den Bildschirm. Es gab keinen PIN-Code, keinen Fingerabdrucksensor, keine Sperre. Eine einzige App erschien auf dem Display. Die Fotogalerie.

Zögernd öffnete er sie. Ein Ordner mit 12 Fotos poppte auf. Auf allen war er abgebildet. Einige waren ebenfalls zehn Jahre alt. Die anderen zeigten ihn im »Neni« am Naschmarkt, wo er gestern mit seiner Frau gegessen hatte. Beim Joggen, auf dem Weg durch die Parkgarage. Durch diese Parkgarage. Heute Morgen, er trug die gleichen Sachen wie jetzt.

»Was soll der Scheiß hier? Das ist nicht witzig?«, schrie er und schaute sich hektisch um. Keiner seiner Freunde oder Kollegen kam feixend aus einem Versteck und erlöste ihn.

Der Schweiß seiner Hände hinterließ einen schmierigen Film auf dem Bildschirmglas und er wischte sie an seiner Jeans ab. Er atmete tief ein und aus, versuchte, sich zu konzentrieren, einen klaren

Gedanken zu fassen. Die Einstellungen des Handys eröffneten ihm keinen Hinweis auf den Besitzer, es gab keine gespeicherten Kontakte, keine zuletzt angerufenen Nummern, keine E-Mails, nichts. Das Telefon war komplett leer. Bis auf die Fotos.

Mit jedem Schritt verursachten seine nackten Füße ein lautes, schmatzendes Geräusch und hinterließen tiefe Abdrücke im saftig grünen Gras. Die Blechabdeckung des Briefkastens quietschte erbärmlich.

Es würde ein perfekter Morgen werden, eine große Tasse heißer Kaffee auf der Terrasse und in völliger Ruhe Zeitung lesen. Seine Frau und die Kinder waren bei ihren Eltern und er hatte das Haus für sich. Voller Vorfreude überflog er die Titelseite.

Ein weißes Kuvert segelte in das feuchte Gras. Mit zusammengekniffenen Augen hob er es auf. Statt einer Adresse stand nur sein Name darauf. Kein Absender auf der Rückseite. Ein banaler Umschlag, C6, nicht dick.

Zwischen Daumen und Zeigefinger haltend, trug er das Kuvert und seinen Inhalt zurück ins Haus. Legte die Zeitung auf den Küchentisch, ignorierte das Röcheln der Kaffeemaschine und schritt in sein Arbeitszimmer.

Rasch umrundete er den großen Schreibtisch, eine Spezialanfertigung aus altem Eichenholz. Seine schmutzigen Füße hinterließen dunkle Spuren auf dem hellen Teppich. Es kümmerte ihn nicht.

Vorsichtig legte er den Umschlag in der Mitte ab.

Setzte sich davor hin und starrte ihn an. Vor einer Woche hatte er das Handy mit den Fotos gefunden.

Er griff zu dem stählernen Brieföffner, ein Erbstück seines Vaters, und zerfetzte den oberen Rand des Umschlags. Mit zitternden Fingern nahm er den Brief heraus, es war ein einzelnes Blatt Papier, linksbündig bedruckt:

Vor 10 Jahren – Sie hätten es nicht tun sollen!
Es wird Zeit, die Schuld zu begleichen!
Was ist Ihnen ihr geliebtes Leben wert?

Voller Zorn hieb er auf den Tisch, zerknüllte den Brief, diese drei Zeilen in seinen Händen.

***

Zwei Wochen später kamen sie endlich zum Thema. Alexander lächelte zufrieden. Am Ende drehte es sich immer nur ums Geld. Es war ein günstiges Angebot. Zehntausend Euro.

Er setzte sich und warf den zerfetzten Umschlag in den Papierkorb. Das Holz des alten Lehnstuhls quietsche. Den Brief wog er von einer Hand in die andere. »Vielleicht war es zu günstig?«, überlegte er. »Vielleicht gibt es einen Haken? Nein, dazu wäre dieses Mädchen nicht fähig.« Er würde auf Nummer sichergehen.

Er ging zum Wandschrank gegenüber, öffnete ihn

und schob alle Ordner und Hefte zur Seite und zog einen silbernen Aktenkoffer heraus. Vorsichtig legte er ihn auf den kleinen Beistelltisch und ließ die Verriegelung aufschnappen. Zärtlich hob er die Glock 42 auf. Schon lange hatte er sie nicht mehr in den Händen gehalten, benutzt hatte er die Waffe bisher nie. Hierbei war das Risiko zu groß. Er hatte keine Lust, dieses Spielchen womöglich immer wieder zu spielen, weil die Dame dann mehr Geld brauchte. Das käme gar nicht in Frage, nicht mit ihm.

Er legte die Waffe auf seinen Schreibtisch und studierte die Nachricht. Morgen Abend um 22:00 Uhr würde das Spiel stattfinden, ausgerechnet in dieser leerstehenden Kneipe.

***

Er marschierte auf und ab, blieb mit den Schuhen auf dem versifften Boden kleben. Genervt schaute er auf seine Uhr, es war Viertel nach zehn. Ihn hier warten zu lassen, in diesem Drecksloch.

Angewidert ließ er seinen Blick durch den dunklen Raum schweifen. Es gab nur ein paar vergilbte Wandlampen, die wenig zur Beleuchtung beitrugen. Auf der Holztheke standen benutzte Whiskygläser, in denen angetrocknete Reste pappten.

Zögerliche, näherkommende Schritte rissen ihn aus seinen Gedanken. Eine junge Frau in schlichten Jeans und schwarzem Pullover betrat zögernd den

Raum. Ein Häufchen Elend, das sich vor Aufregung scheinbar gleich übergab. Er roch ihre Angst förmlich. »Sie sind spät dran!«, rief er ihr vorwurfsvoll zu. »Ich hab nicht alle Zeit der Welt.«

»Es tut mir leid, die Bahn hatte Verspätung«, erwiderte Julia leise und schalt sich im nächsten Augenblick. Wie kam sie auf die Idee sich bei diesem Kerl zu entschuldigen. Sie schüttelte unmerklich den Kopf über sich selbst, versuchte, die Schultern zu straffen und eine aufrechtere Haltung anzunehmen.

»Haben Sie das Geld?«, fragte sie mit festerer Stimme.

»Ja, hier in der Tasche ist alles drin. Wie soll ich sicher sein, dass Sie keine Kopien von den Fotos haben und nicht zur Polizei oder zu den Medien laufen?«, fragte Alexander.

»Sie werden mir vertrauen müssen. Wie ich Ihnen damals vertraut habe.«

»Ah, jetzt kommen wir zur Vergangenheitsbewältigung«, sagte er und grinste sie an. »Na los, fangen Sie an, was habe ich Ihnen nicht alles angetan, ich bin schuld an ihrem traurigen Leben und so weiter, und so weiter.«

»Sie haben Recht, das wäre zu einfach und nach all den Jahren ist dies nicht mehr wichtig. Eine Sache würde mich dennoch interessieren, und zwar WIE Sie es angestellt haben? Ganze Fläschchen mit Propofol konnten Sie nicht verschwinden lassen, das wäre zu auffällig gewesen. Also, wie?«

Julia war ihm immer nähergekommen, versuchte,

seinem Blick standzuhalten und wartete auf eine Antwort. Das Aufnahmegerät unter ihrem Pullover vibrierte leicht, sobald es durch eine Stimme automatisch aktiviert wurde. Martin hatte es besorgt, es war wenige Zentimeter groß und sie hatte es sich mit extrastarkem Gewebeband fest auf den Bauch geklebt, selbst wenn sie schwitzte, würde das Band halten. Julia ging einen Schritt auf ihn zu.

»Das war leicht!«, sagte er, »ich brauchte Geld und Propofol hatte damals den höchsten Marktwert. Das Zeug abzuzweigen wäre irgendwann aufgefallen. Ich habe nur einen Teil aus den Fläschchen entnommen und mit Sojaöl aufgefüllt, das ursprünglich für die Emulsion verwendet wurde. Gerade so viel, dass die schwächere Dosis keine gravierenden Auswirkungen hatte. Vielleicht musste man während einer OP nachspritzen, das kam vor. So dauerte es länger, bis eine verkaufsfähige Menge zusammenkam. Nur was bei dir passiert ist, das weiß ich bis heute nicht. Vielleicht hab ich bei dir das Mittel zu stark verdünnt.« Gleichgültig zuckte er mit den Schultern.

Julia würgte bei dem Gedanken, dass sie für ihn nur ein zufälliger Kollateralschaden war. Es wurde Zeit, dass er die Konsequenzen trug.

»Können wir das hier langsam beenden? Ich hab keine Lust, die ganze Nacht in diesem Mief zu verbringen«, sagte er und riss sie aus ihren Gedanken.

Lächelnd erwiderte Julia: »Aber natürlich. Sie geben mir das Geld und ich lasse den Umschlag mit dem Stick, auf dem alle Fotos und Unterlagen sind, hier liegen.«

»Passt.«

Alexander stellte die Tasche auf den Boden und gab ihr einen Schubs in Julias Richtung, blitzschnell griff er mit der rechten Hand in die Seitentasche. Zog die Glock heraus und richtete die Waffe auf Julias Kopf. »Du hast doch nicht geglaubt, ich lasse dich gehen?«

Julia begriff nicht gleich, was passierte. Die offene Seitentasche war ihr nicht aufgefallen. Sie starrte in die Mündung der Waffe wie hypnotisiert. Julias Beine versagten den Dienst. Sie war wieder gefesselt, unfähig sich zu bewegen, zu sprechen.

Alexanders Stimme riss sie aus ihrer Trance.

»Los, beweg dich!«, herrschte er sie an.

»Die Fesseln sind in deinem Kopf«, sagte Julia zu sich, »du liegst nicht mehr auf diesem Tisch, du stehst hier auf deinen eigenen Beinen. Du bestimmst.«

»Was quatschst du da?«, hörte sie ihn fragen.

Ein Schrei. Julia sprang ihm entgegen, trat mit aller Kraft zu. Vollkommen perplex kam Alexander ins Straucheln und fiel zu Boden. Der Ekel vor all dem, was hier rumlag und den verschiedensten Flüssigkeiten, die in die Ritzen des Holzes eingedrungen waren, ließ ihn sich wie eine Schlange über den Boden winden.

Die Waffe war ihm aus der Hand gerutscht. Hektisch schaute er sich nach ihr um. Julia war schneller. Griff zu, rappelte sich auf. Alexander schlang die Arme um sie und zerrte sie zu Boden.

Der Schweiß rann Julia über die Haut und sie hoffte, dass das Aufnahmegerät an ihrem Körper halten würde.

Panisch zappelte sie, schlug um sich und traf Alexander mit der Waffe an der Schläfe. Sofort ließ er von ihr ab und hielt sich den Schädel.

»Verflucht! Du elendes Miststück, warum bist du nicht in deinem Loch geblieben, in das du dich all die Jahre verkrochen hattest?«, spie er ihr entgegen.

Julia hockte auf allen vieren und versuchte zu Atem zu kommen. Sie nahm die Waffe und richtete sie auf Alexander.

»Das wagst du nicht!« Er lachte. »Dazu fehlt dir der Mumm. Deine Hände zittern. So wirst du niemals treffen. Wenn du mich erschießen willst, musst du den Abzug voll durchdrücken und denk an den Rückstoß. Und den Knall. Dir werden die Ohren wegfliegen, so viel Lärm macht das Ding. Das packst du niemals. Du kleines Nichts.«

Ein ohrenbetäubender Schuss explodierte und warf Julia rücklings zu Boden.

Kein Wort mehr. Alexander sagte kein Wort mehr. Endlich war es still.

Sie rollte sich auf den Bauch und drückte sich mit den Händen vom Boden auf. Mit zitternden Knien wankte sie auf ihn zu, die Waffe ausgestreckt vor sich. Das Grinsen lag in seinem Gesicht. Seine Augen weit aufgerissen starrten zu ihr hinauf. Langsam ließ sie die Waffe sinken. Ein kleines Loch hatte sich in Alexanders Brust gefressen, Blut weichte sein Hemd auf und bildete einen größer werdenden Kreis.

Ihre Atmung beruhigte sich. Sie nahm die Tasche, steckte die Waffe und den Umschlag mit dem USB-Stick hinein und verließ die düstere Bar.

Ein Monat danach

Die Morgensonne stand hoch und Julia genoss die Wärme auf ihrer Haut. Heute war der erste Tag ihres Praktikums in der Lokalredaktion bei einer der führenden Tageszeitungen Wiens. Julias Professor hatte ihr die Stelle besorgt. Er freute sich, dass sie ihr Studium wieder aufnahm. Sie war glücklich. Nach all den Jahren in Dunkelheit, in denen sie sich in ein tiefes Loch zurückgezogen hatte, erkannte sie endlich Licht. Einen Monat war es her, dass sie einen Menschen erschossen hatte. Sie empfand nichts. Keine Reue. Kein schlechtes Gewissen, nur ein Gefühl, sich befreit zu haben.
In den Nachrichten gab es keine Berichte über seinen Tod. Hatten sie ihn gefunden? Vielleicht lag sein verwesender Körper noch dort und die Maden taten sich gütlich an ihm. Sie stellte sich vor, wie sich sein Blut mit den anderen Flüssigkeiten des Bodens vermischte. Wie er dies hassen würde. Sie grinste.

Der durchdringende Pfeifton der Ampel holte Julia aus ihren Gedanken. Mit festem Schritt marschierte sie über die Straße. Die Hälfte des Überwegs lag hinter ihr. Reifen quietschten. Julia riss den Kopf nach rechts und sah einen silbernen Sportwagen auf sich zurasen.

Ihre Beine brachen. Die Stoßstange schleuderte sie in die Luft. Dumpf prallte ihr Körper auf dem heißen Asphalt auf. Die Haut an ihren Schienbeinen war aufgeplatzt und zerborstene Knochen ragten heraus. Der Wagen war verschwunden.

Passanten kamen herbeigelaufen, jemand nahm ihre Hand und redete beruhigend auf sie ein. Dann ließ der Schock Julia in eine erlösende Ohnmacht fallen.

Stimmen weckten sie auf, geschäftige Hände über ihr. »Sie muss sofort operiert werden. Offene Schienbeinfraktur. Wer hat Bereitschaft?« Hörte sie eine resolute Frauenstimme. Die Antwort verstand Julia nicht. Die Trage auf der sie lag, ruckelte im Eiltempo durch die Gänge, Türen öffneten sich automatisch, das grelle Licht schmerzte.

»Hallo meine Kleine, wie geht es uns?«

Julia riss die Augen auf, schlagartig war sie hellwach. Die Stimme konnte es nicht sein, ER konnte es nicht sein. Wieder lag sie in einem OP und wieder taxierten sie diese hellen, kalten, blauen Augen.

»Dr. Sailer sind sie soweit?« Hörte Julia die resolute Frau von vorhin.

»Selbstverständlich«, antwortete Alexander und Julia sah, dass er lächelte. »Wie gefällt dir mein neuer Wagen?«, flüsterte er ihr ins Ohr, bevor die Narkose sie umfing und in einen tiefen, dunklen Schlaf zog.

STURM

Dunkle Wolken türmten sich auf und zogen am Himmel entlang. Vorboten einer unheilvollen Nacht. Sturm brach über Guernsey herein und die Inselbewohner wappneten sich, den peitschenden Regen und die haushohen Wellen zu überstehen.

Fenster und Türen wurden fest verschlossen, alle Boote vertäut, keine Menschenseele war mehr auf den Straßen zu sehen. Der Wind schien über ein verlassenes Stück Land im Ärmelkanal zu toben. Das Meer demonstrierte erneut seine Macht.

In der Cobo Bay sprühte die Gischt über die schützende Mauer, verschlang die Straße und fraß sich näher an die Häuser heran. Meterhohe Wellen überspülten die Felsen, fluteten Höhlen und alte Bunker. Tief und schwarz hing der Himmel über der Insel.

***

Bob verhedderte sich in der Hundeleine und fluchte. »Jumper, musst du ohne Vorwarnung die Richtung ändern? Du bist kein Hase, der im Zick Zack läuft«, rief er seinem von links nach rechts über den Strand tobenden Jack Russel Terrier nach.

Dieser stoppte kurz, lauschte der Stimme seines Herrchens und rannte sofort munter weiter.

Stolpernd versuchte Bob Schritt zu halten und fragte sich, wer hier, mit wem Gassi ging.

Der Sturm hatte eine Menge Algen, Muscheln und Steine an den Strand gespült und so fand der kleine Terrier, an jeder Ecke Neues.

Mit einem Seufzer der Erleichterung bemerkte Bob, dass Jumper scheinbar etwas Interessantes gefunden hatte und nicht gleich weiter stürmte. Endlich holte er ihn ein und atmete ein paar Mal tief durch.

Er beugte sich hinab und rückte Jumpers Halsband zurecht. Dieser scharrte begierig im Sand und knabberte an seinem Fund.

Der zarte Arm war weiß, übersät mit blauen Flecken, die Fingerkuppen schrumpelig vom Wasser. Wo die Schulter saß, ragten Hautfetzen, Sehnen und Fleisch heraus. Der Arm schien regelrecht vom Körper abgerissen.

Bob vermochte nicht länger hinzusehen. Er nahm Jumper auf den Arm und rannte den Strand und die Dünen hinauf zur Straße. Würgend übergab er dem Gras seinen Mageninhalt. Wischte sich mit der Hand den Mund ab und wählte mit zitternden Fingern die Nummer der Polizei.

John

Mit angespannter Miene beobachtete John, von seinem Wintergarten aus, das Treiben am Strand. Seine Kiefer zusammengepresst und die Hände verkrampft, verfolgte er jede Bewegung.

Kurz warf er einen Blick in Richtung Schlafzimmer. Seine Frau schlief tief und fest. So friedlich war es hier im Haus nur selten und er genoss die Ruhe am Morgen. Normalerweise. Nicht heute. Heute stand er angespannt vor dem Fenster, bereit jederzeit loszurennen.

Aber wohin. Für ihn gab es keinen Weg raus. Die zierliche Frau, die selig schlief, hatte ihn in der Hand. Der Ehevertrag fesselte ihn an sie. Und jetzt drohte alles zusammenzubrechen.

Die Einsatzfahrzeuge blockierten mittlerweile die gesamte Straße, es gab kein Durchkommen mehr. Taucher stiegen hinab in das eiskalte Wasser.

John hielt den Atem an. Seine linke Hand spielte mit dem Handy in seiner Hosentasche. Seit wann hatte er Jennifer nicht mehr erreicht? Es war mindestens zwei Tage her. Er hörte ihre samtene Stimme, wie sie ihm unmissverständlich erklärte, dass er das Tagebuch nie bekommen würde. Niemals.

Beiläufig hatte sie einmal erwähnt, dass sie alles aufzuschreiben pflegte. Jedes intime Detail, jeden Wortwechsel. Alles notierte sie fein säuberlich in einem kleinen Büchlein, das sie immer bei sich trug.

Panik hatte ihn ergriffen. Lachend hatte sie ihm ein paar Passagen über ihre heimlichen Treffen vorgelesen. Definitiv nicht jugendfrei und es hatte ihn erregt, und in Angst versetzt. Wenn seine Frau davon erfuhr, dann wäre sein Leben gelaufen.

Er stieß langsam die Luft aus und trat näher an die Fensterscheibe. Einer der Taucher kam nach oben und hielt etwas hoch. John erkannte es nicht und holte aus der Kommode neben dem Esstisch sein Fernglas. Er setzte es an seine Augen und stellte die Schärfe ein. Der Taucher schien direkt auf ihn zuzukommen, in der Hand ein abgetrenntes Bein. Auf der Innenseite des Oberschenkels war deutlich ein halbmondförmiges Muttermal zu erkennen.

Er brauchte nicht länger versuchen, Jennifer anzurufen.

Catherine

Catherine nestelte nervös an ihrem kurzen Rock herum. Der dunkelgrüne, seidene Stoff reichte ihr nur knapp über den Po und betonte ihre langen, schlanken Beine. Ihre Lederjacke hielt sie vorn eng zusammen. Niemand sollte sehen, dass sie unter ihrer schwarzen Spitzenbluse keinen BH trug.

Sie schaute zu Jennifer hinüber, die freudig den Türsteher begrüßte. »Hi George, wie geht's dir?«

»Prima, Jen. Wir haben dich lange nicht mehr bei uns gesehen. Hast du eine neue Freundin mitgebracht?«

»Ja und wir müssen behutsam mit ihr umgehen, es ist das erste Mal für sie.« Mit einem Augenzwinkern zog sie Catherine hinein in die Bar. *Das Comfort.*

Jennifer half ihr aus der Jacke und lächelte ihr aufmunternd zu. Keine Angst, schien sie ihr zu sagen.

Die Bar sah im Inneren gar nicht so schmuddelig aus, wie sie es sich vorgestellt hatte. Die Theke zog sich mitten durch den gesamten Raum wie ein L, gesäumt von eleganten, weißen Barhockern. An der gegenüberliegenden Wand war eine lange rote Bank mit vielen kleinen Tischen. Das Licht schimmerte in einem warmen Karamellton und verbreitete eine angenehme, gemütliche Atmosphäre.

Jennifer steuerte auf zwei Barhocker zu und zog Catherine hinter sich her.

»Setz dich, wir bestellen uns jetzt erstmal was Nettes. Du brauchst nicht ängstlich dreinschauen, es wird keiner sofort über dich herfallen. Sei entspannt und amüsiere dich!« Jennifer bestellte zwei Gläser Champagner und ließ ihren Blick durch den Raum schweifen.

Direkt hinter ihnen saß ein Pärchen, das schon ordentlich dabei war. Jennifer stieß Catherine in die Seite, die verkrampft in ihr Glas hinab gestarrt hatte, und flüsterte ihr ins Ohr. »Schau dir die Zwei an. Wie sie seinen prallen Schwanz rhythmisch in ihren Mund gleiten lässt. Ich glaube, es kommt ihm gleich, dann wäre es für sie aber ein kurzer Abend«, sagte Jennifer und warf ihre langen blonden Haare zurück.

Catherine starrte mit riesigen Augen das Pärchen an, schaute sich beschämt um. Niemanden schien es zu stören. Es nahm keiner Notiz von den beiden. Irritiert lehnte sie sich zurück und sah zu. Fasziniert beobachtete sie wie die Frau den ihr riesig erscheinenden, harten Penis tiefer in ihren Mund schob.

Der Anblick erregte sie und der Stoff ihrer Bluse spannte über ihren aufgerichteten Brustwarzen.

Und wie Jennifer es prophezeit hatte, hielt er nicht mehr länger durch. Die Frau leckte jeden Tropfen genüsslich auf. Er lehnte sich zurück und nahm einen großen Schluck von seinem Bier. Seine Begleiterin wirkte frustriert.

»Darf ich den Damen einen Drink spendieren?«, riss eine tiefe, rauchige Stimme Catherine aus ihrer Beobachtung. »Aber gern«, übernahm Jennifer das

Antworten.

»Mein Name ist Alex. Sind Sie zum ersten Mal hier?«, fragte er Catherine und sie stotterte: »Ja.«

Er schob seine rechte Hand unter Jennifers Kleid, weiter den Schenkel hinauf ohne Catherine aus den Augen zu lassen. Jennifer schaute sie provozierend an.

»Du bist ein böses Mädchen. Du trägst gar keine Unterwäsche«, wandte er sich an Jennifer. »Ist deine Freundin genauso böse?« Seine Hand verschwand zwischen Jennifers Beinen.

»Nein, sie ist brav und schüchtern. Du musst behutsam mit ihr sein«, antwortete Jennifer mit kehliger Stimme und strich Catherine über die Wange.

Tagebuch

Das war ein herrlicher Abend. Die kleine, verklemmte Catherine im »Comfort«. Wie ihre Augen größer wurden, wie ein Kind im Süßwarenladen. Zu dem Pärchen auf der Bank wäre sie am liebsten hinüber gegangen und hätte seinen Lolli in den Mund genommen. Es war köstlich.

Und Alex hatte seine Rolle perfekt gespielt, der unbekannte Fremde. Als ob ich einem Fremden vor dem ersten Drink erlauben würde, mir seine Finger in die Muschi zu stecken. Für was für ein billiges Flittchen hielt die Kleine mich? Egal.

Nachdem Alex angefangen hatte sie zu bearbeiten, hat sie auf einmal mit weit gespreizten Beinen auf dem Hocker gesessen.

Wer ist hier die Hure?

Und im Hinterzimmer wurde sie wild und bettelte darum, von uns gefickt zu werden. Alex' Kumpel haben ihr dann den Rest gegeben. Was hat sie für große Augen bekommen.

Hmmm, hoffentlich war das nicht zu heftig für sie. Keine Ahnung. Ich rufe sie heute kurz an und frage, ob alles ok ist. Alex hat die Angewohnheit etwas grober zu werden.

Alex

»Sag das bitte nochmal?«, fragte Alex mit hochgezogener Augenbraue. Sein weißes Hemd hatte er bis zum Ellbogen hochgekrempelt, der dünne Stoff spannte über seinen muskulösen Armen.

Er fragte sich, ob Jenni diesmal verrückt geworden war. Sie war immer ein wenig speziell, hatte ihn einmal mit einem Bratenspieß angegriffen, nur, weil er ihr einen kleinen Klaps gegeben hatte.

»Ok, ich erkläre es dir von vorn. Du kommst mit deinen Kumpels ins *Comfort* und spielst den Fremden. Dann schleppst du diese kleine prüde, heilige Jungfrau ins Hinterzimmer und ihr habt euren Spaß«, erklärte ihm Jennifer zum dritten Mal.

»Was hast du für ein Problem mit ihr?«, fragte er.

»Ihr gehört eine Lektion erteilt. Diese heilige Maria glaubt, sie wäre was Besseres und lässt es jeden wissen. Dabei zieht sie mich mit den Augen förmlich aus, wenn wir uns begegnen. Und ich wette am Abend besorgt sie es sich dann. Soll sie bekommen, was sie will. Nur anders, als sie sich erhofft.«

Jennifer spuckte die Worte aus, stürzte ihren Wodka in einem Zug hinunter und stand auf. »Kann ich mich auf dich verlassen?«

»Ja, sicher.«

Sie nickte, schnappte sich ihre Jacke und lief hinaus in den Regen. Alex beobachtete wie Jennifer vor dem Lokal den knallroten Schirm aufspannte und sich dann in Richtung Bushaltestelle begab.

Das würde morgen ein interessanter Abend werden.

Insgeheim hoffte er, dass er bald auch wieder Hand an Jennifer legen könnte. Leider standen seine Chancen nicht mehr günstig. Beim letzten Mal hatte er es übertrieben. Seitdem war er vorsichtig. Das Risiko war zu groß. Seinen Job und seine Pension konnte er dann vergessen. Nein das durfte er auf keinen Fall riskieren, obwohl es ihn zur Weißglut brachte, nach ihrer Pfeife zu tanzen.

Peter

Hektisch öffnete Peter sämtliche Schubladen und Schranktüren. Durchwühlte alle Sachen mit seinen großen, mageren Händen, auf denen sich erste Spuren des Alters zeigten. Sein maßgefertigtes dunkelblaues Sakko hatte er über eine Stuhllehne in der Küche gelegt.

Das Geschirr von der letzten Mahlzeit stand im Spülbecken. Jennifer war nicht mehr dazu gekommen, es abzuwaschen.

Peter versuchte, alles an seinem Platz zu belassen, obwohl er am liebsten wahllos ihren Kram aus den Schränken gerissen hätte. Die Polizei würde bald kommen. Die Zeit wurde knapp.

Die Hände in die schmalen Hüften gestützt, stand er in Jennifers Wohnzimmer und überdachte seine Lage.

Dieses verdammte Tagebuch.

Höhnisch hatte sie ihn damals ausgelacht. Sie hatte ihm gedroht zur Polizei zu gehen, wenn er sie jemals wieder anfasste. Er hatte sich gefügt, hatte ihr einen neuen Job vermittelt und war ihr aus dem Weg gegangen.

Jetzt wäre es ein Fehler, sich auf ihr Wort zu verlassen. Sie lag als aufgeweichter Fleischklumpen am Strand.

Wenn dieses Tagebuch in die falschen Hände

gerät, würde ihn seine Familie endgültig fallen lassen. Sie hatten ihn auf dem Kieker und haben alles seinem Bruder George in den Hintern gestopft. Der dämliche Spießer, der keine eigene Meinung hatte, wäre Alleinerbe. Das durfte nicht geschehen. Er hatte mitgespielt. Und sie hatten ihm seine Rolle abgekauft. Er war stets vorsichtig, hatte nie etwas riskiert, was ihn belastete.

Außer bei Jennifer. Sie war an dem Abend zu verführerisch, in ihrem engen, knielangen schwarzen Kostüm mit der weißen Bluse, die über ihren Brüsten schier zu platzen schien. Sie hatte länger gearbeitet an diesem Abend, der Jahresabschluss war fällig. Sie waren die Letzten im Haus und er hielt es nicht aus. Er wollte sie augenblicklich.

Er bekam einen Ständer, sobald er an das Geräusch dachte, wie er ihren Slip zerriss, sie auf den Schreibtisch gedrückt, den Rock bis zu den Hüften hinaufgeschoben und ihren nackten, prallen Hintern vor sich hatte. Sie wehrte sich. Das erregte ihn umso mehr.

»Hör jetzt auf Peter, du musst dich konzentrieren«, sagte er laut. Wo hatte diese kleine Nutte das verdammte Tagebuch? Das Gartenhäuschen, überlegte er und schaute bedauernd auf seine braunen Lederschuhe. Die würde er sich bei diesem Matsch da draußen total ruinieren. Besser ein paar Schuhe verlieren, als ein Erbe von zehn Millionen Pfund.

Peter öffnete die Tür zum Garten. Etliche Autos kamen die Straße herauf. »So ein Mist, die sind schon da«, fluchte er, angelte sich sein Sakko und warf einen raschen Blick zurück ins Haus. Es wirkte alles unberührt. Dann schlich er an der Hecke entlang, bis er den kleinen Durchgang wiederfand, und schlüpfte hinüber zum Nachbargrundstück. Mit eiligen Schritten rannte er davon.

Andreas

Die Hände tief in den Taschen seiner ausgewaschenen Jeans vergraben, beobachtete Andreas, was Peter in Jennifers Haus trieb. Ihm war klar, was er suchte. Er würde es nicht finden. Niemand würde dieses Tagebuch finden. Sie hatte es fortgebracht.

Andreas erinnerte sich. Sie war vor ein paar Tagen zum Flughafen gefahren und hatte eine kleine Maschine nach Jersey genommen. Erst am nächsten Tag war sie zurückgekommen. Er hatte sie vom Wagen aus beobachtet, wie sie eilig über das Rollfeld lief. Getrieben. Immer wieder drehte sie sich um. Das Tagebuch war seitdem nicht mehr an seinem Platz.

Er hatte das Versteck unter dem Boden im Gartenhaus gekannt, sie hatte es ihm einmal verraten. Wie so oft hatte er sie vom Pub abgeholt. Der ergebene Diener. Immer zur Stelle. Betrunken und mit verrutschten Kleidern hatte sie ihn mit ins Gartenhaus gezogen, schob ein paar Kisten zur Seite und zog es unter den Dielen hervor. Ihre Lebensversicherung hatte sie es genannt.

Jetzt war sie tot.

Sie würde ihn nie mehr mitten in der Nacht anrufen, damit er sie vom Pub abholte, weil sie zu betrunken war, um es nach Hause zu schaffen. Nie wieder würde sie an seiner Schulter weinen, wegen der Demütigungen und Beleidigungen, dass Einzige was ihre

Mutter für sie übrighatte. Und die Schmerzen, die ihr Vater ihr zugefügt hatte. All das war vorbei.

Er sah zu, wie Peter sich von Zimmer zu Zimmer arbeitete.

Andreas erinnerte sich, wie er Jennifer an einem Abend von der Bank abholte. Ihre Bluse war zerrissen und getrocknetes Blut klebte an ihren Schenkeln. Ihr Gesicht war von Tränenspuren und verlaufenem Mascara gezeichnet, die Augen vom Weinen verquollen und blutunterlaufen.

Auf seine Fragen antwortete sie unwirsch, dass es nichts zu sagen gäbe, er solle sie einfach nach Hause fahren. Wut kam in ihm hoch. Wieder einmal behandelte sie ihn wie ihren Handlanger, der auf Bestellung zu funktionieren hatte. *Sah sie ihn als Mensch? Als Mann?* Hatte er sich gefragt und war sogar eifersüchtig auf dieses Schwein Peter, der sich genommen hatte, was er wollte.

Er liebte sie, seit ihrer Kindheit. Durch seine stets leicht verschmierten Brillengläser hatte er beobachtet, wie sie zu einer wunderschönen Frau heranwuchs. Sie hatte nie bemerkt, wie aus ihm ein Mann wurde, der nichts mehr mit dem linkischen Jungen von damals gemein hatte. Stunden hatte er im Fitnessstudio verbracht, sich das dunkle, störrische Haar kurz schneiden lassen und eine ordentliche Garderobe und ein großes Auto zugelegt.

Diese ganzen anderen dummen Hühner liefen ihm auf einmal hinterher. Bettelten ihn an, dass er mit ihnen ausginge. Und er nahm sie sich alle, spielte den verliebten Romeo, die meisten machten zu gerne die Beine für ihn breit. Er genoss dieses Spiel und stellte sich bei jeder vor, sie wäre Jennifer – die einzige, die ihn nicht wollte, die ihn nicht einmal wahrnahm.

Vor drei Wochen hatte er dann genug. Er ertrug sich selbst nicht mehr, wie er sich in ihrer Gegenwart in den unbeholfenen Jungen verwandelte.

Sie hatte ihn angerufen, damit er sie aus einer Bar in St. Peter Port abholte. Sie war betrunken und roch nach Rasierwasser. Mit Sicherheit hatte sie es mit einem der ekligen Kerle auf dem Klo getrieben. Auf der Fahrt wurde er immer wütender, auf sich selbst und auf sie. Er trug sie ins Haus und aufs Sofa. Sie kuschelte sich in die Kissen und murmelt: »Bis morgen Andy.«

Diesmal ließ er sich nicht so abspeisen. Er setzte sich neben sie, strich ihr sanft das Haar aus dem Gesicht und schob ihr mit schwarzen Pailletten besetztes Top hoch. Darunter war sie nackt und er bewunderte ihre vollen Brüste. Ihre Brustwarzen waren hart und reckten sich ihm entgegen. Langsam beugte er sich hinab und saugte an ihnen, erst sanft, dann fester. Mit der rechten Hand tastete er unter ihren Rock. Sie trug keinen Slip und er ließ seine Finger mühelos in ihre Nässe gleiten. Sie stöhnte auf.

Mit einem Ruck stieß sie ihn von sich und er landete hart auf dem Boden.

»Was bildest du dir ein?«, schrie sie.

Stotternd gab er zurück, dass er sie liebte.

Sie lachte laut auf. Scheuchte ihn aus dem Haus.

Mit eingezogenem Schwanz stieg er in sein Auto.

Er hatte ihr höhnisches Lachen selbst jetzt noch im Ohr. Sie würde nie wieder lachen.

Tagebuch

Warum habe ich das getan? Andreas war immer nett zu mir, und ich habe ihn davongejagt. Warum kann ich nicht zulassen, nicht glauben, dass es Menschen gibt, die es gut mit mir meinen. Obwohl am Ende hat er auch nur das Eine gewollt. Wie alle anderen.

Es wird Zeit, es zu beenden. Habe ich eine Chance? Neu anfangen? Wohin? Vater findet mich, überall. Welche Wahl bleibt mir dann?

Vater

Traurig, den Kopf gesenkt, die Schirmmütze tief ins gealterte Gesicht gezogen, spazierte er am Strand entlang. Die Absperrung der Polizei erkannte er von weitem. Er näherte sich der Fundstelle. Seine Gummistiefel gruben sich tief in den Sand.

Ein harmloser Spaziergänger, den niemand beachtete, der keine Aufmerksamkeit erregte. Unschuldig setzte er einen Fuß vor den anderen. Einen letzten Blick erhaschen, sie noch einmal sehen.

Genüsslich schloss er die Augen und erinnerte sich an ihre weiche Haut. Damals umfasste er ihre Schenkel mit einer Hand. Das Muttermal, so groß wie er Nagel seines kleinen Fingers. Nie würde er das erste Mal vergessen.

Verschlafen schaute sie ihn an, aufgeweckt von seinen streichelnden Händen. Leise mussten sie damals sein, obwohl Maggy ihn nicht gehindert hätte. Sie war froh, dass sie einen Mann hatte, der die Miete zahlte. Und es schien sie nicht zu stören, dass er sie nicht mehr anfasste. Er liebte nur seinen kleinen Engel.

Mit den Anderen war es zu gefährlich geworden. Und später, wenn sie aus dem Pub kam, stinkend nach Rasierwasser und Männern, wartete er in ihrem Schlafzimmer. Stellte sich vor, wie diese Trottel ihre Schwänze in sie steckten. Keiner reichte ihm das Wasser. Jedes Mal starrte sie ihn ungläubig vor Vorfreude mit ihren großen Augen an. Langsam kam sie dann auf ihn zu, zog sich aus und schlüpfte unter die Decke. Wie früher. Still blieb sie liegen, rührte sich nicht. Ließ ihn mit seinen groben Fingern über ihre weiche Haut gleiten, spreizte die Beine wie von selbst, leicht half er nach. Er beobachtete, wie sie sich am Bettzeug festkrallte, den Kopf zur Seite warf und die Augen zusammenkniff.

Eine Welle kalten Meerwasser durchnässte seine Hosen und holte ihn in die Gegenwart. Er schwankte vor Erregung und torkelte ein paar Schritte zurück. Bis er festen Boden unter den Füßen hatte.

Tief atmete er die salzige Luft ein. Die Polizei wuselte aufgeregt am Strand herum, näher würde er nicht herankommen.

Tagebuch

Alles ist vorbereitet. Der Plan perfekt. Sie werden bezahlen für mein Leid, meine Demütigungen, meine Schmerzen.

Vater war gestern vorbeigekommen. Wie ein Wolf hat er im Dunkeln gelauert, mit seinen Nägeln meine Haut zerfetzt.

Stundenlang kotzte ich den Geschmack von seinem alten, schlaffen Schwanz aus.

Er wird am meisten überrascht sein, dass sein kleines Mädchen ihm nicht mehr zur Verfügung steht. So sicher hat er sich gefühlt.

Violett ist ein süßes Ding, mit ihren unschuldigen Rehaugen,

den langen blonden Haaren. Sie kommt mir vor, wie mein jüngerer Zwilling, ohne all das Leid. Schüchtern und lieb, ihre Seele noch nicht von dunklen Schatten heimgesucht.
Ich werde sie vermissen.

NACHTZUG

Max wuchtete den schwarzen Trolley in die Gepäck-
ablage. Die abgewetzten Räder hatten schmierige
Spuren auf dem Boden hinterlassen. Seit zwei Tagen
regnete es ununterbrochen. Heuer wieder ein typi-
scher Mai in Wien. Er fischte ein Papiertaschentuch
aus seiner Umhängetasche und wischte den Matsch
vom Boden. Zog seine durchweichte Jacke aus und
hängte sie an einen der Haken, direkt bei der Tür.

Platz Nr. 85, am Fenster stand auf seinem Ticket.
Er nahm eine Flasche Mineralwasser, die sorgfältig in
Papier eingewickelten Brote und eine kleine Ampulle
aus braunem Glas heraus und legte sie auf das Klapp-
tischchen. Mit beiden Händen stützte er sich ab und
ließ sich gemächlich in den Sitz sinken. Vom Gang
hörte er die anderen Fahrgäste, die ihr Gepäck über
den Boden zerrten, fluchten und keuchten. An der
Tür zum Abteil hingen weitere Reservierungsschilder,
er würde Gesellschaft bekommen.

Max riss die Augen auf. Sein Kopf flog von einer Seite zur anderen. Sein Herz raste. *Du bist im Zug.* Schwer atmend lehnte er sich zurück.

Er war eingeschlafen, hatte die Orientierung verloren. Mit dem Ärmel seines Pullovers wischte er sich den Schweiß von der Stirn. »Jetzt drehst du bald durch, Max. Reiß dich zusammen!«, sagte er zu sich selbst. Er lachte und griff nach dem gefalteten Plan. Um 19:23 Uhr war der Zug in Wien losgefahren. Mit dem Zeigefinger glitt er über die aufgeführten Stationen. Das brachte ihn nicht weiter.

Aus seiner Tasche kramte er sein Handy hervor. Das Display leuchtete sofort auf. *Fünf verpasste Anrufe*, stand dort mit einem kleinen, grünen, mahnenden Hörer. Max schüttelte den Drang, nach dem Namen zu schauen ab, wie eine lästige Fliege. SIE war es. Das brauchte er nicht in leuchtenden Buchstaben lesen.

Sie hielten gleich in Bruck. Er stand auf und studierte die Reservierungsschilder an der Tür. Für Bruck war ein Fahrgast angekündigt, auf dem Sitz ihm gegenüber.

Die Abteiltür krachte gegen die Wand. Ein Mann im dunkelblauen Anzug stellte sich breitbeinig dazwischen und hielt die Tür mit einem Knie auf, bevor sie zurück donnerte. Er schubste seinen kleinen Koffer ins Abteil und ließ die Tür zuschnappen.

»So ein scheußliches Wetter! Ist wie zufleiß. Heute schicken die mich mit dem Zug los. Als ob der Flug morgen Mittag nicht gereicht hätte.«

Mit festen Strichen wischte der neue Fahrgast das Regenwasser von seinem Koffer. Zahllose Tropfen flogen auf Max' Schuhe und Hose. Mit zusammengekniffenen Augen verfolgte er jeden Einzelnen vom Abflug bis zur Landung.

»Servus, wie heißen Sie?«

»Maximilian Schöller«, antwortete Max.

»Hmmm, der Name kommt mir bekannt vor? Kennen wir uns? Ich bin Thomas Vogl, CEO bei Blender&Weiß.«

Max beobachtete, wie sein Reisekamerad sich häuslich einrichtete. Die Sitze der gesamten Reihe mit Laptop, Papieren und Telefonen belegte.

»Ich glaube, es kommen weitere Fahrgäste im Laufe der Nacht«, sagte Max und kaute auf seiner Unterlippe. Thomas hielt kurz inne, betrachtete seine gelungene Belagerung der Sitzbank und zuckte mit den Schultern. »Findet sich was.« Mehr war für ihn dazu nicht zu sagen.

Der Zug ratterte durch die Nacht. Max hörte Thomas auf der Tastatur des Laptops hämmern. Ein Stakkato, das sich dem Rhythmus des Zuges anpasste und ihn schläfrig machte. Er bemühte sich, die Augen offen zu halten. Setzte sich auf. Drückte die Schultern durch und dehnte den Kopf nach links und rechts. Sein Magen knurrte.

Max griff zu seinen Broten und faltete das Papier auseinander. Salami und Emmentaler hatte er zur Auswahl, beide zusätzlich mit Tomaten und Gurke garniert. Er nahm einen großen Bissen Salamibrot und kaute mit geschlossenen Augen. »Lassen Sie es sich schmecken. Ich hab leider nichts. Meine Sekretärin hat vergessen, etwas zu besorgen. Wenigstens daran hätte sie denken können, bevor sie mich hier in diesen Zug gesetzt hat. Oder nicht?«

Max lugte aus einem Auge hinüber. Thomas hatte aufgehört zu tippen und schielte auf das zweite Brot. Mit der Zunge fuhr er sich über die Lippen. Max schluckte hinunter, schaute auf sein Käsebrot und zu seinem Gegenüber. Mit hängenden Schultern fragte er: »Möchten Sie mein Käsebrot?«

»Nur wenn es Ihnen keine Umstände macht«, antwortete Thomas und seine Hand schnellte vor, ehe er den Satz beendet hatte. Max schaute ihm nach, wie der erste Bissen in seinem Mund verschwand.

»Danke, – dass – schmeckt – lecker. Hat – Ihre – Frau – gemacht?«, brachte Thomas hervor und kaute zwischen jedem Wort mit offenem Mund.

»Nein. Tina hat mit der Küche nichts am Hut«, sagte Max und widmete sich seiner eigenen Mahlzeit.

»Ihre Frau heißt Tina?«

»Ähmm, ja. Bettina. Warum?«

»Ich wusste, ich kenne Sie von irgendwoher«, rief Thomas aus und klatschte auf seine Schenkel.

»Ich kannte bisher nur die Fotos in Ihrem Haus. Das wir uns mal begegnen?! Zu köstlich.« Er lachte und Brotkrümel kullerten aus seinem Mund.

»Wie meinen Sie das? Sie kennen die Bilder in unserem Haus?«, fragte Max. Seine Hand zitterte und er ließ sie rasch sinken.

»Naja, ihr Frauchen kommt ganz schön rum. Dachte, Sie wissen das.« Thomas kicherte. »Sie sind blass mein Lieber. Hatten Sie echt keine Ahnung?«

Max schüttelte den Kopf. Seine Finger krampften sich in die Sitzpolster. Er lehnte sich leicht vor. So verstand er die nächsten Sätze, die aus Thomas schmallippigem Mund zischten, besser.

»Angefangen hat es vor zwei Jahren, glaub ich. Mit der lieben Tina vergeht die Zeit so rasch. Sie hielt einen mächtig in Atem. Damals hatten wir uns zufällig in einer Bar getroffen und sie hat sofort losgelegt. Ist mir an der Theke stehend in die Hose gefahren. Das Mädel weiß, was sie zu tun hat«, stoppte Thomas und schaute aus dem Fenster in die Dunkelheit. Kleine Fältchen bildeten sich um seine Augen. »Ach ja, das waren Zeiten. In den letzten Monaten hat sie dann öfter herumgezickt. Hat unsere Termine verschoben und bei Ihnen zu Hause wollte sie es gar nicht mehr treiben.« Kopfschüttelnd fuhr er fort. »Ich hab geglaubt Sie wären ihr draufgekommen und würden ihr mit Scheidung drohen oder so?« Mit dem Kopf zur Seite geneigt schaute er Max an.

»Ächz«, räusperte sich Max, »nein, ich hatte keine Ahnung.« »Ich hatte keine Ahnung«, flüsterte er und ließ sich in den Sitz sinken. Er griff zu seiner Jacke und legte sie über sich, schlang die Arme um seinen Körper und zitterte dennoch.

»Nehmen Sie es nicht so schwer«, sagte Thomas und tätschelte Max Knie.

Thomas schnarchte. Mit jedem Schnarcher blieb ihm kurz der Atem weg. Stand sein Herz still. Dann röchelte er weiter.

Max saß mit verschränkten Armen da. Die Jacke über sich ausgebreitet und beobachtete sein Gegenüber. Zwei Stunden und sie wären da.

Die ersten Sonnenstrahlen erhellten das Abteil. Thomas streckte sich ausgiebig. Speichel hatte sich in seinem Hals gesammelt und er schluckte ihn geräuschvoll hinunter.

»Guten Morgen«, sagte er und gähnte.

»Ebenso. Wie haben Sie geschlafen?«, fragte Max höflich.

»So gut man halt in diesen Zügen schläft. Meine Masseurin wird einiges zu tun haben am Montag. Jeder Muskel schmerzt.« Er streckte sich in alle Richtungen. Seine Knochen knackten. »Hören Sie, ich hab ein schlechtes Gewissen. Dass wir uns so begegnen würden, konnte keiner ahnen. Und mit ihrer Frau ist Schluss. Wie gesagt, sie will nicht mehr. Wir fahren beide nach Florenz. Wie wäre es, wenn ich Sie heute Abend zum Essen einlade? Ich kenne dort ein super Restaurant, wo es ein traumhaftes Bistecca Fiorentina gibt. Dazu ein Rotwein und schon sieht die Welt besser aus. Was sagen Sie?« Er schaute Max begeistert an und zeigte seine weißen, makellosen Zähne.

»Ja, das klingt nicht schlecht. Wann?«

»So gegen 20:00 Uhr vor dem Scudieri an der Piazza di San Giovanni.«

»Ok, das passt mir«, sagte Max und räumte seine Sachen in die Tasche. Behutsam wickelte er die Ampulle in ein weißes Leinentuch. Die Flüssigkeit hinterließ einen schmierigen Film auf dem Glas. Sorgfältig legte er sie in sein Brillenetui.

Florenz

Der Dom warf einen harten Schatten auf den Platz. Max fröstelte, obwohl es 30 Grad hatte. Es war schon zwanzig Minuten nach acht. Er trat von einem Bein auf das andere.

»Hey, was stehen Sie hier draußen? Sie hätten auf einen Kaffee hinein gehen können?«

Max öffnete den Mund. Kam nicht zu Wort.

»Egal, gehen wir!« Thomas stapfte los. Nach links und wieder links und hielt auf die Osteria Nuvoli zu. Kurz sah er sich um, ob Max hinterherkam.

Sie stiegen die Stufen hinab und setzen sich an einen der kleinen Tische. Ein Kellner kam sofort mit der Karte, Brot und Olivenöl.

»Wir wissen, was wir bestellen möchten. Zuerst die Ravioli in Salbeibutter und danach das Bistecca 1 kg. Und einen mezzo litro vino rosso della casa.« Der Kellner schrieb eifrig alles mit. »Das passt für Sie, oder?«, fragte er Max.

Dieser fügte sich. »Ja.« Unter dem Tischumklammerte er die Ampulle in seiner Hosentasche.

»Wissen Sie, Ihre Frau hat Sie gar nicht verdient.«
Thomas schmatzte und Max sah die Ravioli in seinem
Rachen verschwinden. »Sie scheinen ein echt netter
Kerl zu sein. Und dass diese Schlampe Sie die ganze
Zeit betrügt.« Er schüttelte den Kopf.

Max griff nach der Weinflasche und wischte den
Hals mit einer Serviette ab, bevor er beide Gläser
füllte. »Wir hatten auch schöne Zeiten«, sagte Max
und nippte von seinem Wein. »Den Wein müssen Sie
probieren. Sehr stark, scheint reine San Giovese
Traube zu sein.« Er hob das Glas und prostete ihm
zu.

Thomas trank in einem Zug aus. »Sie haben Recht,
der ist nicht schlecht.« Er lehnte sich zurück und legte
die Hände auf seinen Bauch. Schloss die Augen und
fuhrwerkte mit der Zunge zwischen seinen Zähnen.

Unbemerkt ließ Max die zarte braune Ampulle zurück in seine Tasche gleiten. Ein leicht bitterer Geruch schwebte kurz durch den Raum.

Er griff zur Serviette und tupfte sich den Mund ab.
Das Bistecca wurde serviert. Es zischte und dampfte.
Sein Gegenüber leckte sich die Lippen.

Die Mittagshitze hatte ihren Höhepunkt erreicht. Der
Kellner stellte das Glas, gefüllt mit einer herrlich oran-
genen Flüssigkeit vor Max ab. Eine große grüne
Olive, aufgespießt auf einem dünnen Holzstäbchen
und einen Teller mit Blätterteighäppchen füllten den
Tisch.

Max schlug die Beine übereinander, lehnte sich in

dem breiten, mit hellem Leinen bespannten Sessel zurück und genoss den Blick auf die Piazza della Repubblica. Die Sonne lugte durch die Lamellen der Deckenjalousie, feiner Sprühnebel sorgte für Abkühlung.

Er streckte die Hand zum Glas und trank einen großen Schluck. Der bittere Geschmack erfrischte ihn und belebte seine Sinne. Der gestrige Tag hatte ihn ausgelaugt, seine letzten Reserven aufgebraucht. Er schloss die Augen.

Unruhe drang zu ihm herüber. Stimmengewirr. Menschen sammelten sich auf der gegenüberliegenden Seite des Platzes, rotteten sich dicht zusammen. Einige knieten am Boden. Einer der Kellner kam aufgeregt angelaufen und berichtete seinen Kollegen. Max verstand nicht alles. *Er musste unbedingt sein Italienisch aufbessern.* »L'uomo è morto.«

Ein Rettungswagen raste mit Blaulicht und Sirene über den Platz. Die Sanitäter rannten mit einer Trage zu dem am Boden liegenden Körper. Sie scheuchten die Leute weg wie einen Schwarm lästiger Fliegen. Rissen ihm das weiße Hemd auf und schnitten die Ärmel seines dunkelblauen Sakkos. Max erkannte, wie die Pads eines Defibrillators auf die Brust des Mannes geklebt wurden und er sich unter den Stromstößen kurz aufbäumte, um sofort wieder schlaff zu Boden zu fallen.

Max genehmigte sich das letzte Blätterteighäppchen mit Lachscremefüllung und legte das Geld für die Rechnung auf den Tisch. Beim Aufstehen wischte er die Krümel von seiner Anzugweste, endlich hatte er sich einen von diesen beigen Sommeranzügen geleistet. Das Leder seiner neuen Schuhe duftete berauschend und stieg ihm in die Nase.

Die Sonne blendete und er schob seinen Hut tiefer ins Gesicht. Mit der rechten Hand zog er ein paar Papiere aus seiner Sakkotasche und faltete sie auf. Die Schrift war verblasst und hatte den einen oder anderen Fleck abbekommen.

Maximilian Schöller / Ticket Nightjet Wien – Livorno / Wagen 414 / Sitzplatz 85 am Fenster.

Langsam schob er die Papiere zu einem Fächer auseinander. Vier weitere Namen, dieselbe Wagennummer, das gleiche Abteil. Max lächelte, zerriss die Tickets und warf sie in den Mülleimer.

Zielstrebig schritt er auf die Sanitäter und ihren Patienten zu. Blieb stehen. Ein letzter Blick in dieses Gesicht, diesen schmallippigen Mund, die großen Hände am Ende seiner Arme, jetzt fielen sie lasch und hilflos auf den heißen Asphalt.

Die Temperaturanzeige über dem Eingang der Farmacia Internazionale zeigte 39 Grad.

Es wurde Zeit, die Hitze der Stadt zu verlassen.

ERBE

Christopher

Christopher steuerte den alten Twingo in die Einfahrt. Der Sand knirschte unter den Reifen. Er stieß die Tür auf und schwang sich hinaus. Die Jeans war fleckig. Er hatte keine saubere mehr.

Vom Meer zog ein Sturm auf und die Luft hing voller Salz. Christopher rieb mit den Fingern über die Haut auf seinen Armen, er spürte jedes kleine Körnchen. Tief atmete er ein und betrat das Haus seiner Eltern.

Seine Geschwister waren noch nicht da. Erleichtert ließ er die Schultern sinken. So hatte er etwas Schonfrist, bevor sie ihn ausfragten. Vor allem Ellen mit ihrer bemutternden Fürsorge. Sie war nicht seine Mutter. Es hatte sie nicht zu interessieren, dass er den Job verloren hatte oder wie seine Klamotten aussahen.

Das Wohnzimmer sah genauso aus wie früher. Seine Eltern hatten bis zum Schluss nichts geändert.

Das grüne Sofa, wo sich helle Flecken auf den Sitzen abzeichneten. Am Ende hatte sein Vater die meiste Zeit auf dieser Couch verbracht und in den Fernseher gestarrt. Seine Mutter daneben in dem hohen Lehnsessel mit einem Buch oder ihrem Strickzeug in der Hand.

Christopher schüttelte den Kopf. Er hoffte, nie so zu enden. Da blieb er lieber allein.

Auf der Anrichte unter dem Fenster standen Fotos. Hauptsächlich von ihnen Dreien und von ein paar Cousinen oder so. Er erinnerte sich nicht an sie. Vom hier aus sah man direkt aufs Meer.

Stundenlang hatte er früher hinausgeschaut. Was kam nach dem Wasser und dem Horizont. Niemand hatte eine Erklärung. Sie waren nicht von der Insel runtergekommen.

Außer Martin, der lebte in London. Er würde einen seiner teuren Anzüge tragen und wehe seine Schuhe wurden schmutzig. Hoffentlich hatte er nicht seine Frau mitgebracht.

Er hörte einen Wagen vorfahren, der leicht stotterte beim Bremsen. *Ellen kommt.* Er lehnte sich in den Türrahmen und lächelte ihr entgegen. Die brave Ellen. Sie hatte eines ihrer bunten Zelte übergeworfen und riesige Ohrringe baumelten neben ihrem Gesicht.

»Hallo, kleiner Bruder. Hilfst du mir mit den Kisten?«, rief sie ihm entgegen. Christopher trottete zu ihr hinüber und küsste sie auf die Wange.

»Schön, dich zu sehen Schwesterchen.«

»Wie geht's dir? Was macht der Job?«

Christopher stöhnte auf. Er hatte mit dieser Frage gerechnet. »Es geht mir gut. Den Job gibt es nicht mehr und ich werde darüber nicht diskutieren.« Sein Ton war zu scharf. Sie meinte es doch nur gut. »Alles ok«, sagte er rasch und knuffte sie in die Seite.

Unzählige Kartons und Kisten luden sie aus Ellens Wagen und schafften sie hinein ins Haus.

»Hier sind Stifte zum Beschriften. Ich würde vorschlagen, wir schauen einmal alles durch. Geschirr und so können wir der Wohlfahrt geben. Was meinst du, Chris?«

»Ja sicher. Ich brauche davon nichts. Vielleicht ein paar Erinnerungen. Ob sie die Kisten mit meinen Indianerfiguren aufgehoben haben?«

»Hmmm, möglicherweise im Keller. Da hatte Papa alles Mögliche gesammelt.«

»Ich schau gleich mal runter.« Begeistert spurtete er zur Kellertür.

»Warte kurz. Ich glaube, Martin kommt.« Missmutig hielt er im Gang inne.

»Ja eindeutig. Martin im schicken Cabrio. Hat ihm keiner gesagt, dass der Sommer hier vorbei ist? Naja, wenigstens hat er sein Frauchen nicht mitgebracht.«

»Hallo? Wo seid ihr?«, rief Martin von der Tür aus.

»Wenn du reinkommst, findest du uns«, sagte Christopher und verzog seinen Mund zu einem schiefen Lächeln.

»Jaja, Brüderchen. Immer zu einem Scherz

aufgelegt.«

Er hatte goldrichtig gelegen. Martin erschien im dunkelgrauen Zweireiher mit Nadelstreifen und dazu braune Lackschuhe. Damit war klar, an wem die Arbeit hängen blieb.

»Hallo Martin«, begrüßte Ellen ihren zweiten jüngeren Bruder. Sie beäugte ihn von oben bis unten. »Ähm, du kannst dich im Schlafzimmer umziehen. Chris und ich fangen mit dem Ausräumen und Sortieren an«, sagte Ellen.

Christopher grinste über den Versuch seiner Schwester, Martin diplomatisch eine Ansage zu erteilen. Es funktionierte nicht.

»Warum umziehen? Ich dachte, wir schauen nur durch, was wir an Erinnerungen haben wollen und den Rest lassen wir ausräumen. Oder willst du das alles selber machen? Das dauert ewig.« Mit weit aufgerissenen Augen schaute Martin sich um. Bei jedem kleinen Nippes, dass seine Mutter im Laufe der Jahre angeschafft hatte, blieb sein Blick hängen.

Ellen seufzte. »Dann such dir aus, was du mitnehmen magst und dein Bruder und ich erledigen den Rest.«

Stumm nickte Chris ihr zu.

»Ok, wie ihr meint«, sagte Martin und rieb sich die Hände.

Mal wieder hatte er es geschafft, seinen Willen zu bekommen. Schon in ihrer Kindheit war das so. Christopher erinnerte sich deutlich, wie Martin mit 15 das Fenster der Nachbarn mit einem Stein eingeschlagen hatte. Die hatten sich tierisch darüber aufgeregt. Aber Papa, er hatte den Schaden reparieren lassen und alles bezahlt. Für Martin gab es weder Hausarrest noch sonst eine Strafe. Umgekehrt hätte es für ihn ein Mords Theater gegeben. Mit 13 durfte er einen ganzen Sommer lang seine Freunde nicht treffen. Er hatte nie verstanden, was das war, zwischen Papa und Martin und warum sie ihm alles durchgehen ließen.

»Ich bin dann im Keller«, sagte Christopher und setzte seinen vorigen Weg fort. Aus den Augenwinkeln sah er Ellens Blick. »Ich pass auf, dass ich nicht die Treppe runterfalle«, sagte er zu ihr. Sie war zu besorgt.

Der Boden war voller Sand. Bei jedem Schritt die Stufen hinunter knirschte es unter seinen Schuhen. Die Luft roch muffig und feucht. Das Haus seiner Eltern war eines der wenigen auf der Insel, die einen Keller hatten. Was der großen Sammelleidenschaft seines Vaters geschuldet war. Er hatte nie etwas weggeworfen.

Christopher tastete nach dem Lichtschalter neben der Tür. Mit einem leisen Klick tauchte eine Glühbirne den Kellerraum in ein dumpfes gelbes Licht.

Vor ihm türmten sich Massen an Kisten, alte Kommoden und Regale auf. Entmutigt ließ er die Hände sinken. Er streifte mit den Augen durch den Raum, versuchte, irgendein System zu erkennen. Auf einigen Kartons stand etwas geschrieben. Die Handschrift seiner Mutter. Mit den Fingern strich er über die verblassten Buchstaben. Bei manchen war die Farbe dunkler, die dürften erst seit kurzem hier unten stehen.

Ziellos kramte er herum, entdeckte altes Geschirr, Fotoalben und jede Menge Bücher. Einen Karton nach dem anderen nahm er sich vor. Stellte alle in die Mitte des Raumes. Die Pappe scheuerte an seinen Fingern und der Staub kratzte in seinem Hals. Er machte weiter. Er suchte. Irgendetwas.

»Chris, hast du deine Indianer gefunden?«, fragte seine Schwester und steckte den Kopf durch die Tür.

»Nein.«

»Hör für heute auf! Es wird bald dunkel.«

»Ich bin gerade mittendrin, es macht Spaß hier zu wühlen.«

»Ok.« Ellen zögerte und schabte mit dem Schuh einen Käfer von der Schwelle. »Ich fahre dann jetzt. Wenn du was brauchst, ruf mich an! Ja?« Sie sah ihn eindringlich an.

»Jaja. Geh ruhig«, sagte Christopher. Ihr Blick irritierte ihn. Er hörte ihre Schritte auf der Treppe und wie sie mit Martin flüsterte. Wieder einmal kannte er sich nicht aus. Die Zwei hatten einen anderen Draht zueinander.

Er klopfte sich den Staub von den Händen und widmete sich dem Sammelsurium seiner Eltern.

Draußen fegte der Wind gegen die kleinen Kellerfenster. Regen prasselte auf das Glas. Christopher hatte sich bis zur Wand vorgearbeitet. Eine letzte Reihe von Kartons war weit nach hinten geschoben worden. Alle waren mit Jahreszahlen beschriftet. 1975 bis 2019. So lange waren seine Eltern verheiratet gewesen. Bis zu ihrem Tod.

Christopher öffnete den Karton seines Geburtsjahres *1980*. Videokassetten und Fotoalben kamen zum Vorschein. Auf jeder Kassette stand ein Name. Er schlug eines der Alben auf. Sein Atem blieb ihm im Hals stecken. Hastig blätterte er weiter. Schweiß trat auf seine Stirn und er schluckte den aufkommenden Speichel hinunter. Die Bilder zeigten den Keller. Seine Eltern. Und eine Frau, gefesselt an ein rostiges Bett. Angekettet an die Wand. Nackt. Die Hände über dem Kopf zusammengebunden.

Das Album wog schwer. Die Kassetten. Seine Pupillen weiteten sich und er leckte sich mit der Zunge über die Lippen.

Martin

Die Fähre legte in Pool ab und Martin stütze die Arme auf die Reling. Vor ihm der Ärmelkanal. Drei Stunden Ruhe. Und dann? Das Haus seiner Eltern hatte er vor zehn Jahren das letzte Mal betreten. Jetzt waren sie tot und es gab kein Zurück. Es durfte nicht in die falschen Hände gelangen.

Um 14:00 Uhr legten sie in St. Peter Port an, dann eine knappe Stunde mit dem Wagen ans andere Ende.

Diese verfluchte Insel. Jeder kennt jeden. Bildeten sie sich ein. Niemand hatte seine Eltern gekannt.

Der Wind sprühte ihm das salzige Wasser ins Gesicht. Martin setzte sich auf eine der Bänke. Der einzige der draußen saß und den aufziehenden Sturm genoss. Erinnerungen.

Die Kamera lief. Er platzte zur Tür herein. Auf das Ferienlager hatte er keine Lust mehr gehabt. Die ganze Zeit auf Herm herum latschen, in drei Stunden hatten sie die gesamte Insel gesehen. Das war ihm zu fad.

Seine Geschwister waren in ihrem Element, sammelten Muscheln und bauten Sandburgen. Kinderkram. Er ließ ihnen einen Zettel im Zimmer da und lief zur Fähre, die ihn in zwanzig Minuten zurück nach Guernsey brachte, dann ein paar Stationen mit dem Bus und er war zu Hause. Dort warteten seine Computer und seine Bücher auf ihn.

Daheim war es vollkommen still gewesen. Einzig aus dem

Keller drangen leise wimmernde Laute. Und die Stimmen seiner Eltern. Er schlich die Stufen hinab. Umfasste die Eisenklinke und drückte sie mit aller Kraft hinunter.

Ob seine Eltern ihm den lang ersehnten Hund gekauft hatten? Zum Geburtstag nächste Woche?

Mit vor Vorfreude strahlenden Augen öffnete er die Tür. Mit offenem Mund blieb er stehen. Ein großes Bett stand in dem muffigen Kellerraum. Eine Frau lag darauf. Nackt. Die Arme über dem Kopf zusammengebunden und an dem rostigen Eisenkopfteil festgekettet. Ihre Beine waren gespreizt und jeder Knöchel an einer Ecke des Bettes fixiert. Martin sah in ihre weit aufgerissenen Augen. Sie starrte ihn an.

Seine Mutter hockte über ihr. Den Lötkolben in der Hand, mit dem Papa gestern erst seine Eisenbahn repariert hatte. Dunkle Löcher zeichneten sich auf den Brüsten der Frau ab, wo seine Mutter die Haut versenkt hatte. Sie schaute hektisch zu ihrem Mann. Zögerte. Stand auf und glättete sich das Kleid. Legte den Lötkolben auf den kleinen Nachttisch und kam auf ihn zu.

»Martin, mein Junge. Das ist nichts für dich. Komm, wir gehen nach oben und ich koche dir einen Pudding«, sagte seine Mutter in ihrer liebevollen Art und schob ihn sanft an den Schultern hinaus.

Sein Vater sagte kein Wort. Seine Augen bewegten sich unaufhörlich zwischen ihm und der Frau auf dem Bett hin und her.

Er ließ sich hinaufbringen. Wie in Trance wandelte er neben seiner Mutter in die Küche. Sah wie sie sich die Hände wusch und sich das Wasser rot färbte vom Blut der jungen Frau. Sie war so alt wie Ellen.

»Mama, was macht ihr da?« Hatte er seine Sprache wiedergefunden.

»Das verstehst du nicht, du bist zu jung. Bald lernst du, dass so etwas vollkommen normal ist. Alle Menschen haben Hobbys und Leidenschaften, denen sie nachgehen.«

»Ihr habt der Frau weh getan.«

»Nein, das sah nur so aus. Sie ist eine Schauspielerin und wir haben ein kleines Theater aufgeführt. Ein Stück für Erwachsene.«

Martin kniff die Augen zusammen und legte den Kopf auf die linke Schulter. Seine Mutter hatte ihn noch nie belogen. Vielleicht hatten sie wirklich nur gespielt.

Die Stimme des Kapitäns riss ihn aus seinen Gedanken. Er fröstelte. Schüttelte die Erinnerungen ab. Er hatte seine Eltern nie Mehr beim Spielen erwischt. Und im Keller waren keine Spuren zu finden, oft hatte er sich hinuntergeschlichen, um nachzusehen. Die Kamera und die Bänder hatte er einmal entdeckt. Waren sie noch dort? Er würde es nicht vor seinen Geschwistern nach Hause schaffen.

Martin steuerte den silbernen Mercedes in die Einfahrt. »Shit, die anderen sind schon da«, fluchte er beim Aussteigen. Er atmete tief ein, mit jeder Faser seines Körpers wehrte er sich dagegen dieses Haus zu betreten.

»Hallo? Wo seid ihr?«, rief er von der Tür aus. Eine letzte Möglichkeit, direkt auf der Schwelle kehrtzumachen.

»Wenn du reinkommst, findest du uns«, rief sein kleiner Bruder aus dem Inneren. Martin schloss die Augen und trat ein.

»Jaja, Brüderchen. Immer zu einem Scherz aufgelegt.« Martin lächelte Christopher an. Er hatte sich kaum verändert, nur die Hosen waren noch etwas dreckiger.

»Hallo, Martin«, begrüßte ihn Ellen. Ihre Augen wanderten prüfend an ihm hinab. Mit gerunzelter Stirn sagte sie: »Ähm, du kannst dich im Schlafzimmer umziehen. Chris und ich fangen mit dem Ausräumen und Sortieren an.«

»Warum umziehen? Ich dachte, wir schauen nur durch, was wir an Erinnerungen haben wollen und den Rest lassen wir ausräumen. Oder willst du das alles selber machen? Das dauert ewig.« Martin schaute sich um, bei jedem kleinen Nippes, welches seine Mutter im Laufe der Jahre angeschafft hatte, blieb sein Blick hängen. Nein, er würde hier keine Minute länger bleiben als nötig.

»Dann such dir aus, was du mitnehmen magst und Chris und ich erledigen den Rest.«

»Ok, wie ihr meint«, sagte Martin und rieb sich erleichtert die schweißnassen Hände.

Er hörte Chris irgendetwas von Keller sagen, aber seine Gedanken waren woanders. Sie hingen an einem Bild, das auf der Anrichte unter dem Fenster stand. Das Gesicht der Frau kam ihm bekannt vor. Sie lachte und trug einen riesigen Strohhut, den sie mit beiden Händen auf dem Kopf festhielt. Das letzte Mal hatte er sie gesehen, gefesselt. Seile scheuerten an ihrer Haut. Sie lachte nicht.

Ellen kramte in der Küche, zog eine Lade nach der anderen auf und holte Besteck und Kochutensilien heraus.

Wie schaffte sie es, in diesem Haus zu atmen? Ihm fiel jeder Atemzug schwer. Er hatte Glück gehabt. Aber Ellen. Ein Schauer lief ihm über den Rücken und er bekam eine Gänsehaut. Die Bilder stiegen in seinem Kopf auf. Seine Schwester ans Bett gefesselt, mit schweißnassen Haaren und blutenden Wunden am ganzen Körper.

»Martin hilfst du mir bitte?«, rief Ellen aus der Küche. Sie versuchte, die alten Kochtöpfe aus einem der oberen Schränke zu angeln.

»Lass mich das machen«, sagte Martin und schob sie sanft zur Seite. »Wir müssen in den Keller!« Über seine Schulter sah er Ellens Gesicht. Sie versteinerte. Nahm ihm die Töpfe aus der Hand und polierte sie mit einem Tuch. Wieder und wieder.

»Ellen, wir müssen es bereden. Wir müssen das Zeug aus dem Keller holen, bevor Chris es findet«, redete Martin auf sie ein. »Jetzt lass diese Töpfe sein und sieh mich an.«

»Ich hatte nicht damit gerechnet, dass er so früh hier sein würde. Was unternehmen wir jetzt? Das sind zehn, zwanzig Kisten.«

»Wir warten, bis er fertig ist da unten und dann holen wir sie. Er darf sie nicht vorher finden.«

Ellen nickte und widmete sich den Töpfen.

Der Nachmittag zog sich ewig hin. Ellen hantierte in der Küche herum, Martin öffnete lustlos einen Schrank nach dem anderen. In diesem Haus gab es nichts für ihn. Er wartete bloß auf die Gelegenheit, endlich mit allem abzuschließen.

»Ich geh mal runter und frage Chris, wie lang er braucht. Es wird dunkel und ich muss daheim die Katzen füttern«, sagte Ellen. Sie wischte die Hände an ihrem bunten Kleid ab. Ihr Gesicht zeigte deutliche Falten. Martin war nie aufgefallen, wie abgekämpft und müde sie aussah. Er legte ihr die Hand auf die Schulter. Sie zuckte sofort zurück.

Tränen stiegen ihm in die Augen. Warum hatte er sie damals nicht beschützt.

Ellen kam schnaufend aus dem Keller zurück. »Er will weiter unten in den alten Sachen kramen.«

»Was machen wir jetzt?«

»Ich hab ihm gesagt, dass wir fahren und er abschließen soll.«

»Das löst das Problem nicht?« Martin ballte die Hände.

»Wir kommen morgen in der Früh um fünf oder so her und schaffen das Zeug weg. So zeitig steht Chris im Leben nicht auf.«

»Und wenn er die Sachen bereits gefunden hat?«

»Das werden wir dann sehen. Ich habe für heute genug.« Ellens Schultern hingen bis auf den Boden.

Jeder Elan schien in den Stunden hier im Haus aus ihr verschwunden zu sein.

»Ok, dann treffen wir uns hier morgen um fünf Uhr. Ich übernachte im Cobo Bay, falls du mich brauchst.«

»Danke, ich komme zurecht.«

Ellen

Die Katzen strichen ihr um die Beine und mauzten lautstark nach Futter und Aufmerksamkeit. Ellen füllte die drei Schüsselchen, damit keines der Fellknäuel Angst um sein Fressen hatte. Mit den Fingern strich sie jeder über das flauschige Gesicht. Sie genoss die Wärme der kleinen Körper.

Mit einer Tasse frisch gebrühtem Tee schlurfte sie hinüber zum Küchenfenster. Auf der Fensterbank standen Rosmarin, Thymian, Minze und Estragon dicht nebeneinander. Sie atmete den würzigen Duft ein. Hielt sich an der Tasse krampfhaft fest. Ihr Herz pochte schnell und ihre Hände zitterten.

Dunkle Wolken zogen auf und brachten Regen mit. Es würde ein düsterer Tag werden. Sie schloss die Augen, kleine Fältchen bildeten sich in ihren Augenwinkeln.

Die Kartons nahmen den ganzen Wagen ein. Ellen kämpfte sich hinter das Lenkrad. Erst im zweiten Anlauf sprang der Motor an. Hoffentlich kam sie nicht zu spät.

Sie fuhr den Umweg an den Klippen entlang auf die andere Seite der Insel. So hatte sie Zeit zum Nachdenken. Zeit, es hinaus zu zögern.

Eine letzte Kurve, und das Haus ihrer Eltern kam in Sichtweite. Es lag in einer kleinen Mulde, von weitem war nur das Dach zu sehen. Ein lauerndes Ungeheuer.

Ihre Hände schwitzten und sie wischte sie an ihrem Kleid ab. Holpernd fuhr sie auf die Einfahrt zu.

Er war schon da. Warum stand er heute so früh auf? Sie blieb einen Moment im Auto sitzen. Die Finger um das Lenkrad gekrallt. Es half nichts.

Ellen wuchtete sich aus dem Wagen. »Hallo kleiner Bruder. Hilfst du mir mit den Kisten?«, rief sie Christopher zu. Er trottete zu ihr hinüber und küsste sie auf die Wange. »Schön dich zu sehen Schwesterchen.«

»Wie geht's dir? Was macht der Job?«

Er stöhnte auf. »Es geht mir gut. Den Job gibt es nicht mehr und ich werde darüber nicht diskutieren.«

Ellen zuckte zusammen. Sein scharfer Ton irritierte sie.

»Alles ok«, sagte er mit sanfterer Stimme und knuffte sie in die Seite. Die Stelle brannte wie Feuer und sie hätte sie am liebsten sofort desinfiziert.

Sie luden die Kisten und Kartons aus Ellens Wagen und trugen sie ins Wohnzimmer.

»Hier sind Stifte zum Beschriften. Ich würde vorschlagen, wir schauen einmal alles durch. Geschirr und so können wir der Wohlfahrt geben. Was meinst du, Chris?«

»Ja, sicher. Ich brauche davon nichts. Vielleicht ein paar Erinnerungen. Ob sie die Kisten mit meinen Indianerfiguren aufgehoben haben?«

»Hmmm, eventuell im Keller. Da hatte Papa alles Mögliche gesammelt.« Ellen biss sich auf die Zunge.

»Ich schau gleich mal runter.« Begeistert lief er zur Kellertür.

»Warte kurz. Ich glaube, Martin kommt«, rief sie ihm hastig hinterher.

»Eindeutig. Martin im schicken Cabrio. Hat ihm keiner gesagt, dass der Sommer hier vorbei ist? Na ja, wenigstens hat er sein Frauchen nicht mitgebracht.«

Ellen schüttelte tadelnd den Kopf über Christophers Kommentar. Sie schnappte sich einige Kartons und trug sie in die Küche. Aus den Augenwinkeln beobachtete sie ihren kleinen Bruder. Er sah blass aus und die Hosen starrten vor Dreck.

»Hallo? Wo seid ihr?«, hörte sie Martin von der Tür aus rufen.

»Wenn du reinkommst, findest du uns«, sagte Christopher und lächelte ihn schief an.

»Jaja, Brüderchen. Immer zu einem Scherz aufgelegt.«

»Hallo Martin«, begrüßte Ellen ihren zweiten jüngeren Bruder und beäugte ihn von oben bis unten. »Ähm, du kannst dich ja im Schlafzimmer umziehen. Chris und ich fangen mit dem Ausräumen und Sortieren an.«

»Warum umziehen? Ich dachte, wir schauen nur durch, was wir an Erinnerungen haben wollen und den Rest lassen wir ausräumen. Oder willst du das alles selber machen? Das dauert ewig.« Ellen folgte seinem Blick über all den kleinen Nippes, den ihre Mutter im Laufe der Jahre angeschafft hatte.

Sie seufzte. Sie hatte damit gerechnet. »Dann such dir aus, was du mitnehmen magst und Chris und ich erledigen den Rest.«

»Ok, wie ihr meint«, hörte sie Martin sagen und bemerkte, wie er die Hände rang.

»Ich bin dann im Keller«, sagte Christopher und setzte seinen vorigen Weg fort. Ellen sah ihm angstvoll und machtlos hinterher.

»Ich pass auf, dass ich nicht die Treppe runterfalle.« Die Tür krachte hinter ihm ins Schloss. Sie hatte die Luft angehalten. Eilig schaute sie sich nach Martin um, der stand versunken vor dem Fenster und betrachtete die alten Bilder.

Sie schnappte sich ein paar Kartons und riss in der Küche sämtliche Laden auf. Stoisch warf sie Besteck und Kochgerätschaften hinein. Nichts davon nahm sie wahr. Ihre Hände arbeiteten in ihrem eigenen Rhythmus. Alles raus. Alles entfernen.

»Martin hilfst du mir bitte?«, rief Ellen ihrem Bruder zu. Er zuckte zusammen und schien sie erst jetzt wahrzunehmen.

Auf Zehenspitzen stand sie vor dem hohen Regal und angelte nach den Töpfen.

»Lass mich das machen.« Martin und schob sie sanft zur Seite.

»Wir müssen in den Keller!«, sagte er leise.

Sämtliche Nerven erstarrten in ihrem Gesicht. Sie nahm ihm die Töpfe aus der Hand und malträtierte sie mit einem Tuch. Kreisende Bewegungen, wieder und wieder.

»Ellen, wir müssen es bereden. Wir müssen das Zeug aus dem Keller holen, bevor Chris es findet«, hörte sie Martins eindringliche Stimme. »Jetzt lass diese Töpfe sein und sieh mich an.« Er griff nach ihrer Hand.

»Ich hatte nicht damit gerechnet, dass er so früh hier sein würde. Was machen wir jetzt? Das sind zehn, zwanzig Kisten.«

»Wir warten, bis er fertig ist da unten und dann holen wir sie. Er darf sie nicht vorher finden.«

Ellen nickte und polierte weiter die Töpfe.

»Ich geh mal runter und frage Chris, wie lang er braucht. Es wird dunkel und ich muss daheim die Katzen füttern.« Ellen wischte die Hände an ihrem Kleid ab. Martin kam näher und legte die Hand auf ihre Schulter. Ein brennender Blitz durchdrang den Stoff bis auf ihre Haut. Erschrocken zuckte sie zurück.

In Martins Augen standen Tränen. Ein dicker Kloß klebte in ihrem Hals. Ihn traf keine Schuld. Er war ein Kind. Er hätte es nicht verhindern können. Oder?

Er hatte die Fotos damals gefunden. Nie hatten sie darüber gesprochen, sie sah seinen gebrochenen Blick. Sein Mitleid. Seine Schuldgefühle. Seine Hilflosigkeit. Alle wussten es, bis auf Christopher. Keiner half ihr.

Ellen kam schnaufend aus dem Keller zurück. »Er will weiter unten in den alten Sachen kramen.«

»Was machen wir jetzt?«

»Ich hab ihm gesagt, dass wir fahren und er abschließen soll.«

»Das löst das Problem nicht?«

»Wir kommen morgen in der Früh um fünf oder so her und schaffen das Zeug weg. So zeitig steht Chris im Leben nicht auf.«

»Und wenn er die Sachen bereits gefunden hat?«

»Das werden wir dann sehen. Ich habe für heute genug.« Ellens Schultern hingen bis auf den Boden. Sie hatte keine Kraft mehr.

»Ok, dann treffen wir uns hier morgen um fünf Uhr. Ich übernachte im Cobo Bay, falls du mich brauchst.«

»Danke, ich komme zurecht.« Ellen schaute Martin nach, wie er in seinem Cabrio davonfuhr. Die Wellen schlugen auf die Straße und wuschen den Schmutz des Tages fort.

Sie setzte sich hinter das Lenkrad und schloss die Augen. Bald wäre es vorbei. Sie hatte dafür gesorgt. Nur Christopher musste sie noch aufhalten. Ihr kleiner Bruder, den die Eltern angehimmelt hatten. In Watte gepackt hatten. Sie ahnten, dass er so war wie sie.

Mit zehn Jahren hatte er ein Eichhörnchen gefunden, das verletzt auf der Straße lag. Er brachte es mit nach Hause. Ellen war sofort in die Küche geeilt und holte Milch und ein paar Nüsse. Zurück im Garten sah sie, wie Chris das kleine Geschöpf mit der Gartenschere quälte. Ihm die winzigen Pfoten abschnitt. Das Tier schrie um Hilfe. Ellen blieb wie erstarrt stehen. Begriff nicht, wie ihr kleiner Bruder so grausam sein konnte.

Seitdem ließ sie ihn nicht aus den Augen. Er war der Grund, warum sie noch immer auf dieser Insel lebte. Sie passte auf. Schon bei den ersten Anzeichen, würde sie es beenden. Das hatte sie sich geschworen. Sie würde nicht wieder so lange warten.

Dreißig Jahre hatte es gedauert, bis sie mit ihren Eltern abgeschlossen hatte.

Epilog

Christopher betrachtete sein Werk. Er neigte den Kopf leicht und ließ seine Augen über den Körper der jungen Frau wandern. Einen Lötkolben hatte er nicht. Das Stabfeuerzeug, mit dem Ellen ihre ganzen Kerzen anzündete, hatte seinen Zweck erfüllt.

Der Duft von versengter Haut lag im Raum und er schnüffelte ihm nach. Schritt auf sie zu und strich ihr mit den Fingern über das Haar. Das Blut floss ihr die Schenkel hinab und er zeichnete kleine Kreise hinein. Ihre Beine zuckten bei jeder Berührung. Sie sah aus wie Schneewittchen und er war ihr Prinz. Er küsste sie und schmeckte die salzigen Tränen, vermischt mit dem rostigen Geschmack ihres Blutes.

In der Küche pfiff der Teekessel lautstark und holte Christopher aus der Dusche. Das große Handtuch knotete er sich rasch um die schmalen Hüften und goss das heiße Wasser über die Teeblätter. Unschlüssig stand er vor dem Kühlschrank. Griff dann nach Butter und Orangenmarmelade. Neben dem Herd lag eine letzte Packung Toast. Einkaufen hatte er in den vergangenen drei Tagen vergessen.

Den Kopf auf eine Hand gestützt saß er an der Fensterbank, schlürfte seinen Tee und kaute auf dem weichen Toast herum.

Ein leises Mauzen drang herauf. Sie war wach. Es wurde Zeit.

Mit beiden Händen unter ihren Achseln zog er sie die Treppe herauf. Die Fensterläden hatte er geschlossen. Die große Kiste hatte er aus dem Keller seiner Eltern geholt. Sie war optimal. Dort würde sie hineinpassen. Schade, dass Martin und Ellen die restlichen Alben und Kassetten mitgenommen hatten, gern hätte er sich das gesamte Werk seiner Eltern angesehen.

Mit dickem Klebeband versiegelte er den Karton. Sorgfältig strich er über die Kanten, vertieft in seine neue Aufgabe. Jetzt brauchte Ellen sich nicht mehr um ihn zu sorgen.

Hinter ihm dreht sich ein Schlüssel im Schloss und die Tür wurde vorsichtig geöffnet. Er hörte Schritte, umrahmt von wehenden Kleidern. »Hallo Ellen. Was verschafft mir die Ehre?«, fragte er, ohne aufzusehen.

»Das weißt du, Chris.«

»Was ist falsch daran?« Hockend drehte er sich zu ihr um. Richtete sich zu voller Größe auf.

Ellen stand unmittelbar vor ihm. Sie roch das Blut an seinen Händen.

»Es ist meine Bestimmung das Werk unserer Eltern fortzuführen.«

»Nein.«

»Und wie sieht dein Plan aus, um mich daran zu hindern? Weiter jeden meiner Schritte beobachten?« Er sah ihren erstaunten Blick. »Hast du geglaubt, ich hätte es all die Jahre nicht gemerkt? Ihr habt mich für dumm und einfältig gehalten. Außer Vater, der hat gewusst, was in mir steckt.«

Ellen schaute ihren kleinen, fremden Bruder an. Ihr Blick wanderte zum Karton. »Ist sie tot?«

»Ja.«

»Gut. Dann hat sie es hinter sich.«

»Nicht wie du, nicht wahr?«

»Ja. Aber ich beende es.«

»Was ist mit Martin? Oder glaubst du, weil er nach London geflohen ist, dass er vor seinem Erbe davonlaufen kann? Es wird ihn einholen.«

»Wenn es so weit ist, werde ich da sein.«

»Was wird das? Deine höhere Aufgabe? Von Gott zugeteilt? Warum hat er dich dann nicht beschützt?«

Sie schloss die Augen. *Die gleiche Frage hatte sie sich so oft gestellt in den vergangenen dreißig Jahren. Es gab keine Antwort. Manchmal gewann der Teufel.*

Ellen umschloss den Griff des Messers, ihre weißen Knöchel leuchteten in dem düsteren Zimmer.

»Du hast vor mich zu töten?«

»Ja. Ich habe keine Wahl. Mum und Dad hatten es verstanden. Sie haben sich nicht gewehrt. Es war das logische Ende für ihr Leben und sie haben es akzeptiert.«

»Ich werde es nicht akzeptieren. Ich habe erst angefangen.« Christophers Mund verzerrte sich zu einer schiefen Grimasse. Er schnellte mit dem Arm nach vorn. Zielte auf das Messer. Sie stieß zu. Rammte ihrem Bruder mit aller Kraft die Klinge in die Brust. Es glitt durch seine Rippen und sie hörte ein leises

Pfeifen aus seiner aufgeschlitzten Lunge.

Christopher starrte sie an. Mit schlaffen Händen stand er da und schaute auf seine Brust. Das Blut rann seinen Bauch hinab auf das Handtuch. Die Frotteefasern sogen sich voll mit der roten Flüssigkeit.

Ellen dreht sich um. Verließ das Haus. Sie hörte Christophers Körper zu Boden fallen. Seine Knie krachten.

Vor der Tür blies ihr der Wind ins Gesicht. Auch diesen Schmutz würde das Meer wegspülen.

VERGESSEN

Die Farbe blättert ab, kleine graue Splitter hängen wie Fetzen herunter. Die rostigen Stellen kommen zum Vorschein. Wenn ich mit meinem Fingernagel den Rost abkratze, ob ich dann die unteren Schichten entdecke? Hhmm, das klappt nicht. Ich versuche es mal mit dem Daumen. Warum funktioniert das nicht? Unter dem grauen Lack und dem Rost muss doch etwas sein. Ich kratze und schabe weiter. Dann wird es hervorkommen.

»Maria, was tust du da? Deine Fingerkuppen bluten.«

»Oh, das hab ich gar nicht bemerkt. Es schmerzt nicht mal.« Ich sehe auf meine Hände hinab und kenne sie nicht. Ich halte sie dicht vor die Augen. So dramatisch ist es nicht. Einzig das Blut. In meiner Manteltasche war ein Taschentuch. Wo ist es? Jetzt hab ich den Mantel beschmiert. Die braunen Wollfusseln kleben an meinen Fingern. Ah, da ist es. Gleich sieht es besser aus. Später verbinde ich es mit einem Pflaster, das darf ich nicht vergessen. Und die Nägel feilen, mehr als sonst. Das Taschentuch behalte ich in der Hand.

Das Geländer ist so angenehm kühl. Wann hat es angefangen zu regnen? Sieh, wie die Tropfen im Wasser zerplatzen. Lauter kleine Ringe. Und sie schwimmen davon, der Fluss nimmt sie alle mit.

»Wohin bringt der Fluss die Tropfen? Ich wäre so gern ein Tropfen. Kommst du mit mir?«

»Nein. Wir haben hier so viel zu erledigen. Hast du das vergessen?«

Immer hat sie was gegen meine Träume. Warum darf ich nicht mit den Wellen fort? Eine nach der anderen steigt aus dem Fluss empor und reist mit ihm davon.

Die dunklen Wolken ziehen langsam. Der Wind steht still. Es ist so friedlich hier.

»Maria, wir müssen gehen. Der Sturm wird stärker. Uns fliegt hier das ganze Laub um die Ohren. Mach den Mantel zu, du erkältest dich. Komm!«

»Nein, es ist so friedlich. Siehst du nicht, wie die Blätter tanzen. Ich will tanzen. Und das Wasser, wie es dahin rauscht und rauscht. Wenn ich durch die Stäbe greife, berühre ich es beinah. Schau meine Fingerspitzen werden nass, er begrüßt mich. Sieh, der Fluss sagt mir *Guten Tag*. Wir dürfen ihn nicht zurücklassen.«

Warum schaut sie mich so vorwurfsvoll an? Warum lässt sie mich nicht in Ruhe?

Ach, da ist der Schwan, seine Federn sind schneeweiß und er trägt den Kopf so hoch. Er schwimmt zu dem Wäldchen. Die Wellen tragen ihn nach Hause. Ich möchte nach Hause.

»Maria, wo rennst du hin? Lauf nicht so schnell. Mist warum hab ich nur die falschen Schuhe angezogen.«

Ich fliege, so leicht und geschwind. Die vielen Häuser rasen an meinen Augen vorbei. Oh eine Pfütze, ob ich es schaffe, hinüber zu springen? Ein Gesicht, gefangen in dem schwarzen Wasser.

»Maria, ist alles in Ordnung? Was schaust du dir da an? Komm, steh auf. Wir müssen zurück.«

»Ich hab eine Frau gesehen, dort in dem Wasser. Ihr Haar hing in schmutzigen Strähnen herunter, ihre Lippe aufgeplatzt und blutige Kratzer auf der Wange. Die Schläfen waren grün und lila verfärbt und ein Schleier überdeckte ihre Augen. Helfen wir ihr?«

»Ja, wir helfen ihr. Deshalb müssen wir weg. Hier dürfen wir nicht bleiben.«

»Warum nicht? Es ist nett hier, all die vielen bunten Häuser und kleinen Gärten.« Mein Blick wandert die Straße entlang. Schneeglöckchen recken die Köpfe durch die Erde. Früher wuchsen bei mir Schneeglöckchen und Krokusse und Tulpen. Ein stechender Schmerz bohrt sich in meinen Schädel, ich schließe die Augen.

»Maria was hast du? Wir haben keine Zeit mehr!«

»Ich war hier schon einmal, nicht wahr? Dort der Gemüsehändler, ich hab Tomaten und Paprika bei ihm gekauft, immer freitags. Ich kenne diese Straße, diese Gärten. Mein zu Hause war einmal hier. Dort drüben, mit den gelben Fensterläden und der grünen Tür.«

»Maria nicht! Verfluchter Mist!«

Der Garten ist voller Unkraut. Das mach ich gleich morgen. Schauen wir mal, wie es drinnen aussieht. Die Tür ist verriegelt. Ich hatte meinen Ersatzschlüssel immer in dem Margeritenbusch versteckt. Da ist er ja. Schwer zu öffnen diese alte Tür. Die Dielen im Flur quietschen wie früher. Erst mal das Licht anmachen. So ist es besser. Es duftet nach Kräutern und Gewürzen und Bier. Der Geruch wird intensiver.

Die Möbel sind umgeworfen und das Geschirr liegt zerbrochen auf dem Boden. Im Schlafzimmer, das Holz der Tür ist zersplittert und das Schloss herausgerissen. Es stinkt nach Bier und Metall.

Schon wieder dieser stechende Schmerz.

»Maria, geh dort nicht hinein, ich bitte dich. Wir überstehen das nicht noch einmal.«

»Was meinst du?« Mein Puls rast, meine Hände schwitzen. Atmen.

Auf der Kommode neben dem Bett steht ein Bild, ein Hochzeitsfoto. Ich greife danach. Die Frau. Diese Frau ist sie. »Was macht dein Foto in meinem Schlafzimmer? Ich versteh das nicht. Und den Mann, den kenne ich. Diese Augen starrten mich an. Der Mund grinste und zischte und brüllte.« Mein Schädel explodiert vor Schmerz.

»Lass mich los!« Eine große, fleischige Hand donnerte auf mein Gesicht herab. Ich kauerte auf dem Boden. Stiefel traten in

meinen Bauch, meinen Unterleib, meinen Kopf. Ich bekam keine Luft. »Bitte hör auf«, keuchte ich zwischen Blut und Gallensaft hervor. Ich winselte wie ein Tier. Die Hände wurden zu Fäusten. Alles drehte sich. Ich flog. Die Tür fing mich auf. Zersplitterte unter der Wucht meines Körpers. Holz bohrte sich in meine Haut. Das Grinsen brüllte. Ich verstand es nicht, alles rauschte.

Ich versuchte, auf die Füße zu kommen. Ein Tritt von dem Stiefel. Die große Steinvase raste auf mich zu, sie war zu schwer, zu schnell. Scherben rissen mein Gesicht auf.

Ich lag auf dem Dielenboden und hörte das Quietschen unter seinen Schritten. Dann verschwand alles in einem tiefen undurchdringlichen Grau. Nur schlafen, träumen und vergessen.

»Maria komm steh auf, der Boden hier ist dreckig und klebrig von Bier und Blut. Wir dürften gar nicht hier sein, außerdem sucht man uns bestimmt schon.«

»Mein Kopf ist so schwer. Wann ist das geschehen? Ich muss der Frau helfen.«

»Du bist diese Frau. Uns hat man das alles angetan und nicht früher oder vor langer Zeit. Es war gestern. Mark kam betrunken nach Hause. Gestern Nacht. Maria wach endlich auf!«

Sieh, meine Fingerkuppen bluten erneut. Wo hab ich das Taschentuch? Warum aufwachen? Es ist so friedlich, wenn man vergisst. Draußen scheint die Sonne, ein Strahl drängelt sich an den Vorhängen vorbei. Er sucht sich einen Weg durch das Zimmer, es wird hell. Ich bin allein.

Mein Schädel dröhnt. Ich ignoriere es. Befehle meinen Beinen zu gehorchen. Schwankend bahne ich mir einen Weg durch all die Trümmer. Ins Bad. Das Blut abwaschen.

Das Wasser kühlt herrlich, sprudelnd lasse ich es über meine Wunden laufen. Mit einem feuchten Tuch tupfe ich mir vorsichtig das Gesicht ab.

Tief durchatmen und die Augen aufmachen, es ist bloß ein Spiegel.

Ich sehe eine Frau mit schmutzigem, strähnigem Haar, blutig zerkratzten Wangen, aufgeplatzten Lippen und grün-lila verfärbten Schläfen.

Klare graue Augen mit einem dunklen Rand um die Iris sehen mich direkt an, und in ihnen entdecke ich sie - lachend, selbstbewusst und glücklich, die Frau, die ich gestern war.

SCHULD

David stand vor dem Operationstisch. Das Blut tropfte von seinen Handschuhen. Schweiß perlte unter seiner Maske langsam seinen Hals hinunter. Seine Knie zitterten. Er schaute mit aufgerissenen Augen hinab. Hinab in die Höhle aus Fleisch und Blut. Die Blicke seiner umherstehenden Kollegen ruhten auf ihm. Wie sengendes Feuer fraßen sie ihn auf.

»Dr. Samitsch es ist vorbei. Die Patientin ist tot.«

»Marie, sie hieß Marie«, flüsterte David.

Die Vögel zwitscherten und die Sonne brannte durch das geschlossene Fenster. Seine Hände schwitzten und David wischte sie an einer Serviette ab, die ihm zusammen mit Kaffee und Gebäck gereicht worden war. Selbst inmitten einer Familienkrise vergaß seine Mutter nie, was sich gehörte. Die tiefe Bassstimme seines Vaters durchbrach seine Gedanken. Ignorieren zwecklos.

»Was hast du dir gedacht? Warum hast du keinen

Oberarzt gerufen?«

»Du hast jeden Tag gepredigt, dass ich unbedingt schneller vorankommen müsse. Allen beweise, dass ich in der Lage bin die großen Fußstapfen von Spitalsdirektor Dr. Samitsch Senior auszufüllen«, erwiderte David und warf die Arme in die Luft. Kraftlos ließ er die Hände sinken. Er war dieser Diskussionen überdrüssig, war es leid, sich zu rechtfertigen. »Vater. Mir ist bewusst, was ich angerichtet habe. Durch meine Schuld ist eine junge Frau gestorben. Sie ist unter MEINEN Händen verblutet und ich muss damit leben. Es tut mir leid, dass ich nicht der Sohn bin, den du dir vorgestellt hast und dass du nicht mehr vor deinen Golfkumpels mit mir angeben kannst.«

»Darum geht es gar nicht.«, sagte sein Vater.

»Oh doch, darum ist es immer gegangen. Also, welche Strafe habt ihr für mich auserkoren? Was fangt ihr jetzt mit dem gefallenen Sohn an?« David schaute in die Gesichter seiner Eltern, von einem zum anderen. Seine Mutter senkte die Augen und nestelte mit den Fingern an ihrem Rocksaum.

Sein Vater straffte die Schultern, räusperte sich: »Du wirst zu deinen Großeltern fahren. Sie brauchen im Dorf einen neuen Arzt.«

David blieb der Mund offenstehen. Das konnte nur ein Witz sein. Ein sehr schlechter Witz.

Der Motor des alten VW Käfer beschwerte sich bei jeder Kurve. Im zweiten Gang schraubte er sich den Berg hinauf. David fluchte. *Warum hatte er nachgegeben?*

Warum hatte er sich nicht endlich gegen seinen Vater durchgesetzt.

Der Wald drohte ihm von beiden Seiten der Straße. Die Kiefern und Fichten ließen kein Licht hindurch. Ein letzter Anstieg. Das Dorf tauchte vor ihm auf. Die Spitze des Kirchturms erblickte er zuerst, dann folgten die Dächer der anderen Häuser. Alles lag in einem Tal, herabgesetzt in den Berg. Eingequetscht zwischen Massen aus Stein. Der Regen dampfte aus den Holzdächern und Fensterläden. Es roch nach Moder. Geschnitzte Herzen versuchten, den Türen ein Willkommen zu entlocken.

Nach drei Runden durch das gesamte Dorf hatte er endlich die Praxis gefunden. Ein von Rosen komplett zugewuchertes Messingschild wies das Haus als Arztpraxis aus. *Dr. Viktor Kannowsky* war in das verwitterte Messing eingraviert.

David schob das Gartentor auf. Ein erbärmliches Quietschen drang aus den Scharnieren und scheuchte einen Schwarm Spatzen auf, die sich auf der Wiese niedergelassen hatten. Die Steinplatten unter seinen Füßen wackelten bei jedem Schritt und aus den Fugen wucherte das Unkraut.

Die Tür wurde aufgerissen. »Servus! Sie sind der neue Doktor!« Es war keine Frage, die ihm sein Gegenüber stellte.

»Ja, ich bin Dr. Samitsch aus Innsbruck. Und Sie sind der Makler?«

»Na. Ich bin nur der Postler, Kannowsky. Meinem Bruder gehörten das Haus und die Praxis. Er ist jetzt mit seiner neuen Frau nach Wien gezogen. Das Dorfleben war nichts für die feine Dame.«

»Ach so, ok.«

»Ihre Großeltern sind die Samitschts von oben, oder? Die kriegen wir hier ja nur selten zu sehen. Mit dem Gefährt da schaffen sie es aber nicht den Berg rauf, wenn Sie sie besuchen wollen«, sagte er und schaute an David vorbei zu dem gelben Käfer, der in der Sonne leuchtete.

»Ja, ich – meine Großeltern kommen die nächsten Tage ins Dorf. Darf ich mich im Haus umsehen?«

»Aber natürlich, kommen sie rein. Ist ja jetzt ihr Reich. Gleich hier rechts ist das Wartezimmer und dann weiter durch die Tür geht's in den Praxisraum und ins Büro. Auf der linken Seite finden Sie die Küche und WC. Oben sind die Wohnräume und das Bad.« Er fuchtelte im Stakkato mit den Armen und deutete in jede Richtung. Damit war die Hausführung beendet.

»Hier haben Sie den Schlüssel. Ich werde in der Post einen Aushang machen, dass Sie da sind. Ab wann werden Sie öffnen?«

David nahm die Schlüssel entgegen, das rostige Metall kratzte auf seiner Haut.

»In drei Tagen. Gibt es hier ein Café mit W-Lan Empfang? Hier im Haus habe ich kein Netz.« David klopfte auf sein Handy.

»Ja, da fahren Sie am besten zu Emma. Die hat letzten Sommer so ein neumodisches Lokal aufgemacht. Ihr Kaffee schmeckt köstlich und der Marillen

Kuchen erst. Das Backen hat sie von ihrer Mutter gelernt.« Kannowsky leckte sich mit der Zunge über die Lippen. Tippte mit den Fingern an seine Schirmmütze, drehte sich um und schwang sich auf sein Rad.

Emma's Café stand in schnörkliger Schrift auf einem hellblauen Holzbrett über der Tür. Das Schild leuchtete David von weitem entgegen. Er parkte seinen Käfer direkt vor dem Fenster. Was sofort dazu führte, dass sämtliche Gäste ihre Hälse reckten, um ihn, den Neuankömmling zu begutachten.

David wappnete sich und öffnete die Tür. Eine altmodische Glocke ertönte und erinnerte ihn an die alten Konsumläden, in die ihn seine Großmutter mitgenommen hatte.

Am hinteren Ende entdeckte er einen freien Platz und steuerte zielstrebig darauf zu. Das ganze Café war gerade einmal so groß wie sein altes Wohnzimmer. Die Tische bunt zusammengewürfelt. Kleine gelbe Vasen mit frischen Margeriten standen überall, dazu strömte ein durchdringender Duft nach Kaffee hinter der weißen Kuchentheke hervor. In der Vitrine, gesäumt von weiteren Margeriten und Papierdeckchen, türmte sich zuckriges Gebäck. Muffins in verschiedenen Geschmacksrichtungen und unter einer dicken Schicht Puderzucker entdeckte David saftige Topfengolatschen, der Rest war ihm fremd.

»Hallo, ich bin Emma. Sie sind der neue Arzt. Was darf's sein?« Sie legte den Kopf schief und betrachtete ihr Gegenüber. Bei Davids handgefertigten Schuhen blieb ihr Blick hängen. Sie runzelte die Stirn. *Lange schafft der es in den engen Dingern nicht. Einer von vielen, der bald wieder das Weite suchen wird.*

»Neuigkeiten sprechen sich hier schnell herum?«

»Kannowsky hat vorhin die Post gebracht. Er bekommt von mir immer einen meiner Himbeer Scones, dann gerät er so richtig in Plauderlaune«, sagte Emma und schmunzelte.

»Ah ja. Bringen Sie mir bitte einen Verlängerten mit Sojamilch und einen von den Schoko Muffins. Wie lautet das W-Lan-Passwort? Ich muss einige wichtige Mails beantworten«, sagte David und klappte sein Notebook auf, ohne Emma anzusehen. »Haben Sie hier eine Steckdose?«

»Ja, links neben ihrem Fuß im Boden sind schon mal zwei und Strom haben wir tatsächlich auch, falls das ihre nächste Frage gewesen wäre. Das Passwort ist Emma_01 und Sojamilch habe ich heute nicht. Die Sojapflanzen hat keiner gemolken, heute waren die Mandeln dran«, schnaubte Emma und schaute ihn herausfordernd an.

David blickte auf in ihr Gesicht. Blonde Locken vielen ihr über die Augen und ihre Mundwinkel zuckten. Bemüht um einen finsteren Ausdruck. Er lächelte. »Dann nehm ich gern die Mandelmilch.« Sie nickte kurz und verschwand hinter der Theke.

David aktivierte sein Mailprogramm und klickte sich durch die unzähligen Newsletter. Die Mail seines Vaters ignorierte er. Er hatte keine Lust, sich mit ihm auseinanderzusetzen. Mit einem Klick schloss er das Fenster und widmete sich seinem Kaffee. Mit dem ersten Biss in den Muffin hielt er inne. So etwas hatte er noch nie gegessen. Vom Backen verstand die Kleine etwas. Morgen werde ich mal dieses Himbeerdings probieren, dass den Postler so redselig werden lässt.

***

Gleichmäßig führte er den Pinsel über den weißen Karton. Penibel eine Reihe nach der anderen. Keine freie Stelle durfte übrigbleiben. Das Atmen unter der Maske fiel ihm schwer und sie schirmte den scharfen Gestank nicht vollständig ab. Seine Hände zitterten, er musste heute fertig werden. Ein letzter fein säuberlicher Strich die Kante entlang.

Schwer atmend lehnte er sich zurück, der alte Holzsessel knarrte unter der Bewegung. Mit beiden Händen zerrte er sich die Schutzmaske vom Gesicht und saugte gierig die Luft ein. Der Gestank war fast verflogen. In fünf Minuten roch man nichts mehr, sobald die Flüssigkeit vollkommen getrocknet war.

Sein Magen knurrte. Er hatte das Essen vergessen. Motiviert schwang er sich auf und marschierte in die Küche. Ein Liedchen pfeifend bereitete er sich ein Paradeisbrot zu, schnupperte an den grünen Rispen, deren Duft ihn an seine Kindheit erinnerte.

Jeden Tag war er mit seinem Bruder in den Garten gegangen und hatte Paradeiser gepflückt. Sie hatten unzählige, die wuchsen wie Unkraut. Es war einige Wochen her, dass er ihn zuletzt gesehen hatte.

Kauend schlurfte er zurück zu seinem Arbeitstisch. Stopfte sich das letzte Stück Brot in den Mund und stellte den Teller ab. Er griff nach dem Karton, den er zuvor so sorgfältig fertig gestellt hatte und betrachtete ihn von allen Seiten. Zufrieden mit seiner Leistung legte er ihn zu den anderen. Säuberlich aufgestapelt auf dem Boden.

***

Letzte Nacht hatte David wenig geschlafen. Das ganze Haus ächzte und knarrte und auf dem Dachboden vermutete er umher huschende Ratten. Wenigstens funktionierte das Wasser, und die ausgiebige Dusche weckte seine Lebensgeister.

Erfrischt und hungrig fuhr er zu Emma's Café und freute sich auf dieses Himbeerdings und einen großen Kaffee.

Beschwingt stieß er die Tür auf. Das Glöckchen ließ alle Gäste verstummen. David blieb augenblicklich stehen.

Sämtliche Einwohner scharten sich um Emmas Theke, jeder kauend oder eine Kaffeetasse in Händen haltend. Emma stand wie eine Dirigentin dahinter und versuchte Ordnung in ihr Orchester zu bringen.

»Ah, Dr. Samitsch, Sie sind da.« Emma klang erleichtert.

»Guten Morgen, Emma. Was ist hier los?«

»Frau Weber, die Frau vom Fleischhauer. Ihr

Mann hat sie gestern Abend tot in der Wohnung gefunden, nachdem er den Laden zugesperrt und heimgegangen war. Naja, er hatte den kleinen Umweg über die Tankstelle genommen, um Bier zu holen. Er ist vollkommen durch den Wind.« Emma schaute betroffen zu einem großen, kräftigen Mann hinüber. Er saß an einem der Wandtische und von den Umstehenden wurde ihm beruhigend auf die Schulter geklopft.

»War sie krank?«, fragte David und Emmas Blick glitt zu ihm zurück.

»Nein, nicht dass ich wüsste. Man hat sie im Flur liegend gefunden. In einer merkwürdigen Position. Vielleicht hatte sie einen Anfall.«

Emma stellte ihm einen Verlängerten Kaffee hin. »Diesmal mit Sojamilch«, sagte sie und zwinkerte mit dem linken Auge.

»Oh, Dankeschön. Und könnte ich bitte eines von diesen Himbeerdingern haben?«

»Sie sind wohl neugierig geworden?« David war nicht sicher, ob sie ihn an- oder auslachte.

Er biss in den Himbeer Scone, den Emma geschickt mit der Gebäckzange auf einen kleinen Teller manövriert hatte. Die Himbeermarmelade tropfte ihm über das Kinn, verlegen wischte er sie mit der Serviette ab.

Vor der Tür hielt ein Polizeiwagen mit Innsbrucker Kennzeichen. Ein Raunen ging durch das Café. Die Neuankömmlinge schienen nicht beliebt zu sein.

Die Polizisten betraten den Raum und steuerten direkt auf die vollbesetzte Theke zu. »Wissen Sie, wo wir Herrn Weber finden?«, fragte der jüngere der beiden.

»Ja, er sitzt dort drüben«, antwortete Emma und deutete in die Richtung des Fleischhauers, der zusammengesunken an seinem Tisch kauerte. Die Polizisten traten näher.

»Herr Weber?«

»Ja?«, kam eine zögerliche Antwort. Der massige Mann schaute auf. Seine Mundwinkel zuckten und Tränen traten in seine Augen. Er schluckte und nahm gequält eine aufrechtere Haltung an.

»Gibt es einen Ort, wo wir uns in Ruhe unterhalten können?«, fragte der ältere Polizist und legte ihm die Hand auf die Schulter.

»Ja. Wir, wir gehen am besten in mein Büro.«

Stöhnend stand er auf. Mit den Händen stützte er sich am Tisch ab und sein Brustkorb bebte. Dann folgte er den Polizisten nach draußen. Vorsichtig schoben sie ihn auf den Rücksitz ihres Wagens und fuhren los.

Die nächsten zwei Wochen rasten dahin. David richtete sich in seiner Praxis ein und schloss mit dem Haus und seinen Geräuschen Frieden. Die ersten Patienten kamen zu ihm, meist mit kleineren Verletzungen. Ein paar Schnitte mit der Säge, eine verrenkte Schulter nach einem Sturz vom Kirschbaum oder aufgeschürfte Knie.

An einem Donnerstag suchte Emma ihn in der Praxis auf. Sie hatte sich die Hand an dem Monstrum von Kaffeemaschine verbrüht. Behutsam nahm er ihren Arm und wickelte den provisorischen Verband ab. Sie hatte sich rasch ein paar Geschirrtücher um die Wunde geschlungen.

»Wie haben Sie das geschafft?«, fragte David und seine Stimme zitterte leicht. Die Wärme ihrer Haut trieb ihm den Schweiß auf die Stirn.

»Das Monstrum hat mich in die Knie gezwungen.« Ihr Lachen war ansteckend und David entspannte sich.

»Wo haben Sie dieses Ding her?«

»Aus der Toskana. Ich war mit meinem Vater vor einigen Jahren in Siena und habe sie auf einem Flohmarkt entdeckt. So eine wird selbst in Italien nicht mehr hergestellt. Vater war nicht sonderlich begeistert, dieses Ungetüm in unserem alten Volvo nach Hause zu transportieren. Gemacht hat er es dennoch.« Sie schaute aus dem Fenster und für einen kurzen Moment war sie weit weg.

David räusperte sich leise und ihr Blick kam zurück. Sie sah ihm direkt in die Augen. Rasch wendete er sich ab und konzentrierte sich auf ihre Hand. Aus dem Augenwinkel sah er ein leichtes Lächeln ihre Mundwinkel umspielen.

»Gibt es Neues über den Tod von Frau Weber?«, fragte er.

»Nein, sie haben nichts herausgefunden. Man tippt auf einen epileptischen Anfall, obwohl es bei ihr nie ein Anzeichen dafür gab.«

»Und wie schlägt sich Herr Weber? Ich habe

gesehen, dass sein Geschäft noch geschlossen ist?«

»Es trifft ihn hart. Die beiden hatten keine Kinder, sie war sein ganzes Leben. Er ist, glaube ich, momentan bei seiner Schwester.«

David nickte und wickelte das letzte Stück Mull um Emmas Hand.

»Ich gebe Ihnen eine Salbe und Verbandszeug mit. Am Abend und in der Früh frisch auftragen und verbinden, dann ist es in ein paar Tagen verheilt. Falls es sich entzündet oder Sie starke Schmerzen haben, kommen Sie bitte sofort zu mir.«

»Ja, vielen Dank. David.« Emma zögerte, bevor sie seinen Namen aussprach.

»Sehr gern. Emma.« Davids Herz hüpfte auf und ab und er schaute ihr versonnen nach.

Du bist kein Schuljunge mehr, schalt er sich. Jetzt reiß dich mal zusammen.

***

Bei der Weber hatte alles wunderbar geklappt. Sie war ein erster Versuch. Sie gehörte damals gar nicht zu denen. Aber sie hatte ihn abgelehnt. Nur weil sie mit diesem feisten Würstelfresser zusammen sein wollte. Der hat schon damals nach Geselchtem gerochen. Er würgte, bei dem Gedanken an diesen Geruch von Fleisch und Fett.

Zufrieden mit dem Ergebnis seines Pilotprojektes setzte er sich an seinen Arbeitstisch und holte einen Notizblock hervor. Er griff zu einem zerkauten Bleistift und schob ihn zwischen die Zähne. Zwei senkrechte Falten bildeten sich über seiner Nase. Er schrieb. Immer flüssiger wurden seine Bewegungen. Mit jedem Namen tauchte er tiefer in die Vergangenheit. Hypnotisch füllte er das gesamte Blatt. Zwanzig Namen. Zwanzig Schuldige.

Mit einem lauten Rauschen atmete er aus und lehnte sich zurück. Seine Lungen waren frei, sein Herz schlug gleichmäßig.

»Warum habe ich so lange damit gewartet.«, flüsterte er.

Er betrachtete den ersten Namen und ein Schraubstock zog seine Eingeweide zusammen.

Markus, der Schöne. So haben sie ihn genannt. Mit seinen blitzenden weißen Zähnen brachte er alle Mädchen um den Verstand. Ein kleines Lächeln auf dem Flur genügte.

»Diese dummen Weiber«, rief er in das leere Zimmer und schlug mit der Hand auf den Tisch.

»Alle Hausaufgaben hab ich für ihn erledigt, sonst hätte er die zehnte Klasse nicht geschafft. Hat er sich jemals bedankt?«

»Nein! Die Schlägerbande hat er auf mich gehetzt, weil ich einmal keine Zeit hatte für seine Arbeiten.«

Nie würde er diese Prügel vergessen. Mit einer Glasscherbe hatten sie ihm das Gesicht malträtiert. Die Narbe, direkt unter dem Auge erinnerte ihn jeden Tag. Und der Schönling stand an der Ecke und hatte alles beobachtet.

»Zerschnitten und blutend bin ich nach Hause gelaufen, meine Mutter schalt mich, weil das neue Shirt zerrissen und fleckig war.«

»Warum passt du nicht auf deine Sachen auf? Mit deinem Bruder habe ich nie solche Probleme«, hatte sie gesagt und ihn ins Bad gestoßen.

»In der Nacht habe ich Schönlings Arbeiten gemacht. Ich

tat alles, um keine Prügel mehr zu bekommen. Warum war ich damals so feige?«

»Das ist vorbei!«

Er drückte den Bleistift fest auf das Papier, zerriss es förmlich und strich den Namen durch. Markus Wallner.

***

David drehte sich im Bett um. Neben seinem Kopf auf dem Kissen lag Emmas Gesicht. Ihre blonden Locken fielen ihr über die Augen. Er strich ihr mit den Fingern die Wange entlang. Sie seufzte und kuschelte sich in seine Hand. Schützend legte er den Arm um ihre Taille.

Noch nie hatte er sich so gefühlt. Angenommen. Kein Ausloten, was von ihm erwartet wurde, wie er sich zu verhalten habe. Ganz er selbst.

David drückte sie fest an sich. Schlug dann die Bettdecke zurück und schlüpfte in seine Jeans. Im Bad spritzte er sich kaltes Wasser ins Gesicht und lief barfuß in die Küche. Mit raschen Handgriffen füllte er die Bialetti mit Kaffee und schraubte sie zusammen. Im Nu duftete es im ganzen Haus bittersüß und David überkam eine übermächtige Sehnsucht nach Geborgenheit.

Er öffnete die Haustür. Die Morgensonne blendete und die Vögel begrüßten ihn zwitschernd. Er schnappte sich die Zeitung aus dem Postkasten und ging zurück in die Küche.

Emma stand am Herd, sein T-Shirt reichte ihr bis zu den Knien. Sie erlöste die röchelnde Kaffeemaschine und goss ihnen ein.

»David, was ist los?« Emma streckte ihm seine Tasse entgegen. Er schaute nicht hin. Seine Finger krampften sich um die Seiten der Zeitung, seine Nägel fraßen sich beinah durch das Papier.

»Markus ist tot.«

»Welcher Markus?«

»Markus Wallner. Ein Studienkolleg von mir. Man hat ihn vor ein paar Tagen tot in seinem Loft in Innsbruck gefunden.«

Langsam ließ David die Zeitung sinken, legte sie auf die schmale Theke in der Küche. »Er war damals einer meiner besten Freunde, aber wir haben uns aus den Augen verloren. Hier steht, sie haben keine Erklärung für seinen Tod. Es sähe nach einem epileptischen Anfall aus.«

»Wie Frau Weber«, sagte Emma.

Vor dem kleinen Café sammelte sich eine Menschenmenge und jeder beäugte aufgeregt, wie Emma aus dem gelben Käfer krabbelte und David zum Abschied küsste.

»Ah, der Herr Doktor«, sagte der dicke Blumenhändler zu ihr und knuffte ihren Arm.

»Braves Mädchen. Sie können ja nicht ewig allein bleiben.«

Unter zustimmendem Gemurmel der wartenden Gäste öffnete Emma mit hochrotem Kopf die Tür.

»Meine Herrschaften, wer hat Appetit auf ein paar Muffins?« Begeisterung drang aus den Mündern und alle schoben sich durch den schmalen Eingang.

Emma grinste, die Meute war abgelenkt.

Scheppernd krachte die Tür auf und Postler Kannowsky kam hereingerauscht. »Emma, rufen Sie Ihren Doktor an. Frau Berglein öffnet die Tür nicht. Durch das Fenster sehe ich sie am Boden liegen.« Er griff sich mit der Hand auf die Brust und rang um Atem.

»Ja, sofort. Walter rutsch mal rüber lass ihn hier sitzen. Hier trinken Sie erstmal einen Schluck Wasser.« Emma schob ihm ein Glas hinüber, wonach er gierig griff und es in einem Zug hinunterstürzte.

»Danke, meine Liebe.«

Emma holte ihr Handy aus der Tasche. Hektisch rief sie Davids Nummer auf und tippte auf *Anrufen*. Eine Ewigkeit schien zu vergehen, bis er abnahm.

»David, fahr rasch zu Frau Berglein in die Strohgasse. Herr Kannowsky sagt, sie liegt im Flur und rührt sich nicht. Ich komme mit Matthias, der kann uns die Tür öffnen.« Sie wartete seine Antwort nicht ab, ein abgebrochenes, »ich fahre gleich ...«, reichte ihr. Das Handy stopfte sie zurück in ihre Tasche und klemmte sie sich unter den Arm.

»Matthias?«, rief sie quer durch den Raum. »Du kommst mit, und vergiss dein Werkzeug nicht.« Sie winkte ihn zu sich heran. Der Gerufene schaute sie fragend an. Dann zuckte er mit den Schultern und schnappte sich seine Jacke.

»Die Kassa lasse ich offen, wenn ihr mir das Geld bitte reinlegt. Danke.« Und damit rauschten sie hinaus. Matthias raste mit seinem alten Golf um die Kurven. Zur Strohgasse waren es zehn Minuten. Nach Sieben standen sie vor der Tür. David kam im selben Moment an und sprang aus seinem Wagen.

»Mach schon!« Emma lief hinter Matthias auf und ab, am liebsten hätte sie ihn von der Tür wegstoßen und sie selbst geöffnet.

Der Türrahmen zerbarst und Splitter flogen durch die Luft.

»Scheiße.« Matthias fluchte und sah Emma wütend an. Er klemmte den Keil erneut zwischen Zage und Tür, hantierte mit dem Stemmeisen. Knack. Die Tür glitt auf.

David schob sich in den Flur. Auf dem Boden lag der Körper von Frau Berglein. Gekrümmt, die Gliedmaßen in alle Richtungen gestreckt. Der Mund stand offen, die Zunge fiel zu einer Seite heraus. Ihre Augen starrten an die Decke. David hockte sich neben sie, nahm ihr Handgelenk und tastete nach ihrem Puls. Es gab keinen mehr.

Er richtete sich auf. Im Türrahmen bemerkte er, dass Kannowsky eingetroffen war und die Szene beobachtete.

In dem kleinen Flur war nichts Ungewöhnliches zu entdecken. Eine schwedische Kommode stand unter einem gerahmten Spiegel. Urlaubsbilder hingen an der Wand. Auf dem Boden lagen Schuhe und ein Päckchen. Nichts deutete darauf hin, dass ihr jemand Gewalt angetan hatte. Und doch lag der tote Körper direkt vor ihm.

»Ich rufe die Polizei an«, sagte David und holte sein Handy aus der hinteren Hosentasche. Emma nickte nur.

Matthias stand unschlüssig vor der Tür. Er wurde hier nicht länger gebraucht. Er knetete seine Hände und räusperte sich. »Emma, ihr braucht mich hier nicht mehr, oder?« Sie sah ihn erstaunt an, hatte seine Anwesenheit vollkommen vergessen.

»Oh ja, ist ok. Wir geben der Polizei deine Nummer und Adresse«, sagte sie und ihr Blick richtete sich zurück in den Flur.

Nachdem er aufgelegt hatte, beugte David sich zu dem Körper hinab. Seine Augen wanderten über die gesamte Gestalt. Die verrenkten Arme, die abgewinkelten Beine. Im Schritt der Hose hatte sich ein dunkler Fleck gebildet, leichter Uringestank drang ihm in die Nase. Die Fingerspitzen glänzten im Licht.

Vorsichtig hob David die rechte Hand, sie war kühl und die Finger ließen sich nicht mehr biegen. Er führte die wie von Tau glänzenden Fingerkuppen an seine Nase und schnupperte daran.

»Was tun Sie da? Wir müssen auf die Polizei warten?«, sagte Kannowsky und kam einen Schritt näher in den Flur.

»Ich verändere nichts. Es war nur so ein Gedanke.« David erhob sich und rieb nachdenklich den Kopf.

Auf der mit Kies bestreuten Straße hielt ein Wagen. Die Polizisten stiegen aus und kamen auf das Haus zu.

***

Es war ein Vergnügen, die Leiche endlich mit eigenen Augen zu sehen. Ich hätte es mir gruseliger vorgestellt. Sie sah aus wie immer. Dieser entsetzte Gesichtsausdruck, wie damals in der Schule. Als ob ihr zuvor nie einer zwischen die Beine gefasst hatte. Den ganzen Umkleideraum hatte sie zusammengeschrien und mich zum Gespött gemacht. Mich als Persversling hingestellt. Kein Mädchen wollte sich von da an mehr mit mir treffen. Alle schauten sie mich argwöhnisch an und wechselten im Flur die Seite, wenn ich ihnen begegnete.

Ich wollte es doch einmal fühlen. Ihren Freund, dieser Lulatsch, den hatte sie rangelassen. Überall hatte er damit geprahlt, wie leicht und wie bereitwillig sie ihre Schenkel für ihn geöffnet hatte. Aber ich! Bei mir gab es Gekeife und Geschrei. Als ob ich es nötig gehabt hätte mit diesem Flittchen. Nein da gab es viel Bessere, später.

***

David wälzte sich von einer Seite auf die andere. Wirre Gedanken störten seinen Schlaf. Immer wieder tauchte der tote Körper vor seinen Augen auf. Wieder eine Frau, die er nicht gerettet hatte. Er musste etwas tun. Eine Schuld begleichen.

Er rollte sich auf die Seite und blieb auf der Bett-
kante sitzen, massierte mit den Fingerspitzen seine
Schläfen.

Emma hatte heute Nacht bei ihrem Vater geschlafen. Einmal im Monat fuhr sie für ein Wochenende
zu ihm hinauf. Niemand brachte ihn von seiner Hütte
herunter. Einzig in seiner Schulzeit hatte er im Dorf
in einer Art Internat gewohnt.

Emma hatte ihm erzählt, dass es irgendein Zer-
würfnis zwischen ihm und Kannowsky gegeben hatte.
Wann immer sie sich über den Weg liefen, wechselte
einer die Straßenseite und wenn ihr Vater in ihrem
Café vorbeischaute, verließ Kannowsky fluchtartig
den Raum. Emma erfuhr nie, was passiert war. Bei
dem Thema war der alte Herr verschlossen, wie eine
Auster.

Die Sonne zeigte sich allmählich und wärmte die Sessel im Garten. David setzte den Kaffee auf und holte
die Zeitung aus dem Postkasten. Die kühle Morgen-
luft erfrischte ihn. Seine Kopfschmerzen ließen nach
und er schmiedete Pläne für den Abend, wenn Emma
zurück wäre.

In seiner Praxis erwartete ihn kaum Arbeit, es hatten sich nur zwei Patienten angekündigt.

Die Pflanzen, die Emma ihm für sein Büro gekauft
hatte, ließen die Blätter hängen und David strich mit
den Fingern darüber. Eine klebrige Flüssigkeit blieb
auf seiner Haut haften. Er starrte auf seine

Fingerkuppen, rieb Daumen und Zeigefinger aneinander und betrachtete, die leicht glänzende Substanz.

Ruckartig drehte er sich um, lief in das Behandlungszimmer und riss den Bücherschrank auf. Die Bücher stammten alle von Kannowskys Bruder. Er überflog die Buchtitel.

»Gifte und giftige Substanzen«, er nahm das Buch heraus und folgte dem Inhaltsverzeichnis, bis er das Kapitel fand. Giftstoffe, die sich über die Haut übertragen.

Am Computer öffnete er die Datei, die ihm die Polizei per Mail geschickt hatte. Tatortfotos, um zu bestätigen, dass nichts verändert worden war. Er studierte die Fotos, hoffte, an der Leiche etwas zu entdecken. Sein Blick fiel auf den Rand des Flurs. Es war nicht mehr da. Das Päckchen. Der kleine Karton in braunem Packpapier mit der handgeschriebenen Adresse. Er fehlte. Auf keinem der Polizeifotos war er zu sehen.

Davids Gedanken rasten. Er war sich vollkommen sicher, dass er den Karton direkt neben der Leiche gesehen hatte. Er rief Emma an.

»Emma, hast du den kleinen Karton im Flur von Frau Berglein gesehen?«, fragte David ohne Begrüßung.

»Ja, warum?«

»Er ist auf den Polizeifotos nicht mehr zu sehen. Jemand hat ihn weggenommen, bevor die Polizei alles abgesperrt hat.« David hechelte. Er lief in dem kleinen

Raum hin und her. Überlegte fieberhaft. Irgendetwas spukte in seinem Kopf herum.

»Das kann gar nicht sein. Wir waren die ganze Zeit dort. Niemand kam unbemerkt in das Haus«, sagte Emma. David hörte, wie es an ihrer Tür läutete. Emmas Stimme entfernte sich. Sie schien das Telefon auf einmal weiter wegzuhalten. Ihre Schritte klapperten auf dem alten Holzboden. Leise, wie durch einen Schleier hörte er sie jetzt wieder sprechen.

»Ah, guten Morgen Herr Kannowsky. Wie geht es Ihnen?«

»Ähm, gut. Sie sind dieses Wochenende bei Ihrem Vater? Hhmm, ich habe ein Päckchen für ihn.«

David hörte zu, die zögerliche Stimme Kannowskys irritierte ihn.

»Sie geben das Päckchen auf jeden Fall ihrem Vater! Ja!?«, sagte Kannowsky betont und gab ihr den kleinen Karton.

Emma legte auf.

Alles schrie in Davids Schädel.

Er raste die Serpentinen hinauf. Die Straße wurde schmal und der Käfer schaffte die Kurven nur haarscharf. *Ich darf nicht zu spät kommen. Ich darf nicht zu spät kommen. Ich darf nicht ...*

Mit quietschenden Bremsen hielt er vor dem alten Bauernhaus. Die Geranien blühten in allen Farben vor den Fenstern. Die leuchtend weißen Herzen in dem dunklen Holz begrüßten ihn.

Die Haustür war geschlossen. Er rannte. Drückte die Klinke hinunter und mit einem Knarzen ließ ihn das Haus hinein.

Abrupt blieb er stehen. Die Stille zwischen den Wänden verriet alles. Er stand in dem kleinen Vorzimmer. Seine Füße auf einmal schwer, unmöglich zu bewegen. Sein Brustkorb flatterte. Mit zitternden Händen stützte er sich an der Wand ab.

Du musst weiter gehen. Mahnte eine Stimme in seinem Kopf. Einen Schritt nach dem anderen. Watend durch zähen Kleber.

Das Sonnenlicht durchflutete den Raum. David blinzelte. Er hielt den Atem an, seine Kehle schnürte sich zu. Auf dem alten Teppich lag sie. Emma. Auf dem Sofa ihr Vater. Gekrümmt, weit aufgerissene Augen. Die Finger zu klauen verkrampft.

David fiel auf die Knie. Ein Schrei drang aus seiner Kehle. Tränen liefen über sein Gesicht. Auf allen vieren kroch er zu Emmas Körper. Nahm ihren Kopf in seine Hände und wiegte ihn in seinem Schoß. Mit den Fingern berührte er ihre Wangen. Küsste das Salz seiner Tränen von ihrer Haut. Schloss die Augen. Rauschen im Kopf. Weißes Rauschen. Dann war alles leer.

Tausend Nadeln stachen in seinen Beinen. Er kroch ans andere Ende des Zimmers. Nahm sein Handy aus der Hosentasche.

»Polizei Innsbruck«, meldete sich eine Stimme.

»Hier spricht Dr. Samitsch. Bitte geben Sie mir Kommissar Becker. Wir waren bereits in Kontakt.« Seine Stimme versagte. Er legte auf.

Mit eng angezogenen Knien saß er an der Wand. Starrte auf den Menschen, der seine Familie war. Die einzige, die er je hatte.

Und jetzt. Nur ein Körper, der seine Temperatur verlor und verweste. Die Bakterien arbeiteten bereits. Er wusste, was nach dem Tod geschah. Was übrig blieb. Sie war nicht mehr hier.

***

Verdammt! Verdammt! Verdammt! So war das nicht geplant. Warum war dieses Mädchen dort oben. Sie sollte erst nächstes Wochenende bei ihm übernachten. Und dann ist der Herr Doktor angerast gekommen. In letzter Sekunde konnte ich verschwinden und mein Rad im Wald verstecken. Der wird jetzt alle Hebel in Bewegung setzen. Der hat schon so komisch geschaut, gestern. Als wüsste er was. Er wird sie doch nicht etwa gefunden haben?

Sein Blick wandert über die Kartons in seinem Wohnzimmer. Sorgsam aufgestapelt. Acht Stück. Acht Auslieferungen. Acht Abrechnungen mit der Vergangenheit.

Es wird nicht funktionieren. Er musste verschwinden. Aber vorher mussten sie verschwinden.

Er nickte. Den Kopf wieder klar. Ein neuer Plan. Es half nichts. Der Keller.

***

Überall roch es nach Emma. Die Polster, der Bettbezug. In der Küche hing noch der Duft ihrer selbstgebackenen Muffins. Zitronen Muffins mit Holunderblüten. Davids' Nase kräuselte sich, er schnupperte. Bald würde alles verschwunden sein.

Er stand an der Theke in der Küche, vor sich ein leeres Whiskyglas, die Eiswürfel schmolzen und hinterließen einen braunen, wässrigen Sud. Er schenkte sich nach, bis zum Rand. Der Whisky schmeckte schal.

Wankend tappte er zum Sofa und ließ sich in die Polster fallen. Die linke Hand schirmte seine Augen vor dem aufkommenden Licht der Sonne. Es wurde Tag. Er hasste es. Er wünschte, er hätte sie nie kennengelernt, wäre nie in dieses Dorf gegangen. »Was soll ich noch hier?« Die Hände vor dem Gesicht. Wieder Tränen.

Die Polizei hatte keine Spur. Zumindest sagten sie das. Irgendein Doktor untersuchte die Substanz auf den Fingerkuppen, aber sie hatten nichts.

Das Glas glitt ihm aus der Hand und rollte über den Boden. Seine Brust zitterte und er zog die Knie eng an seinen Körper. Er schloss die Augen und wartete, dass der Tag vorbeiging und ihn endlich die Nacht einhüllte.

Gläser zerbarsten. David schreckte hoch. Sofort schaute er zu den Fenstern, sie waren noch ganz. Unter Stöhnen richtete er sich auf. Jeder Muskel schmerzte. Sein Genick steckte in einer Schraubzwinge und er dehnte seinen Hals nach links und rechts.

Fluchen und Zetern ertönte unter seinen Füßen. Er schaute an seinen Beinen hinab. Auf der Jeans prangten Whiskyflecken. In seinem Schädel hämmerte es unaufhörlich. Seine Zunge lag staubig im Mund. Der Geschmack von abgestandenem Alkohol stieg ihm die Kehle empor.

Er schlurfte in die Küche. Die Flasche stand leer in der Spüle. Aus einer der Laden holte er ein Päckchen Aspirin, drückte zwei in ein großes Glas und füllte es mit kaltem Wasser. Nach dem ersten Schluck rebellierte sein Magen, und er stürzte zur Toilette. Die Magensäure schoss seine Speiseröhre hinauf. Sein Hals brannte wie Feuer. Er lehnte den Kopf gegen die kühlen Fliesen, schloss die Augen.

Wieder ein Fluchen und Zetern. David drückte sich an der Wand hoch. Lauschte aufmerksam. Eine Stimme unter dem Boden. Barfuß folgte er ihr. Im Wohnzimmer war es am deutlichsten zu hören. Angestrengtes Stöhnen, dumpfe Schläge und fluchende Kommentare.

David schob die lange Anrichte zur Seite. Eine Luke im Boden. Vorsichtig öffnete er sie. Eine gemauerte Stiege führte hinab. Er sank in die Hocke und tastete sich einen Fuß nach dem anderen vor. Die Luft wurde mit jedem Schritt muffiger und kälter. Eine Gänsehaut überzog seine Arme.

Unten angekommen waren die Geräusche unmittelbar in seiner Nähe. Er drückte sich an einen

Holzbalken.

Kannowsky. Mit einer Spitzhacke bearbeitete er eine Ziegelwand. Das Loch hatte bereits einen Meter Durchmesser. Undeutlich erkannte David etwas dahinter. Puppen. Auf jeden Fall Kleidung. Er schlich näher heran. Rammte sich eine Scherbe in die Fußsohle und schrie auf.

Kannowsky wirbelte herum. Ungläubig starrte er David an.

»Was machen Sie hier unten?«

»Das wollte ich Sie gerade fragen?« David humpelte zur Wand, um sich abzustützen.

»Warum sind Sie nicht oben geblieben und haben weiter gesoffen? Ihr Städter steckt eure Nase überall rein.« Die Spitzhacke hob er mit beiden Händen an. Bereit zum Schlag auszuholen.

»Sie waren das, nicht wahr? All die Morde. Warum? Was haben Ihnen die Menschen getan? Was hatte Emma Ihnen getan?«, fragte David und Tränen standen in seinen Augen.

»Emma hätte nicht dort sein sollen. Sie war selbst schuld. Und die Anderen?« Kannowsky lachte auf. »Die Anderen waren nicht unschuldig. Sie haben bekommen, was sie verdient hatten. Meine ganze Kindheit haben sie mir zur Hölle gemacht. Haben mich wie einen Aussätzigen behandelt. Es war an der Zeit, dass sie bezahlen.«

David schaute sich um, auf dem Boden lagen zerbrochene Einmachgläser und glitschige Pfirsichhälften türmten sich drum herum.

»Was ist in der Wand?«, fragte er Kannowsky und trat einen Schritt näher auf ihn zu.

»Mein Bruder und sein unterbelichtetes Weibsbild von Ehefrau.« Er zuckte mit den Schultern.

»Warum haben Sie ihn nicht vergiftet?« In Davids Kopf setzten sich die einzelnen Puzzleteile zusammen.

»Durch ihn bin ich auf den Geschmack gekommen. Das Gift habe ich erst später entdeckt. Er musste verschwinden. Jeder glaubte mir, dass er nach Wien gegangen sei. Er hatte nie viel Kontakt zu den Leuten. Außer ein paar berufsbedingte Sätze in seiner Praxis. Keiner hat groß nachgefragt. Aber jetzt, wo Sie hier aufgetaucht sind. Und dann noch Emma, jetzt werden sie genauer hinschauen. Das Risiko gehe ich nicht ein.«

David bückte sich, untersuchte seinen Fuß. Mit den Fingern streifte er über den Boden und klaubte eine der größeren Scherben auf. Versteckte sie in seiner Hand.

»Was machen Sie da? Kommen Sie hier herüber!«, raunzte ihn Kannowsky an.

»Mein Fuß ist aufgeschnitten, ich muss ihn verbinden.« David humpelte in die angewiesene Richtung.

»Ihr Fuß wird ihre kleinste Sorge sein.«

»Was haben Sie vor? Wollen Sie mich mit der Hacke erschlagen und einmauern?«

Kannowsky atmete schneller. Seine Augen rasten zu allen Seiten auf der Suche nach einem Ausweg.

»Sie haben schon zwei Leichen fortzuschaffen.

Eine Dritte könnte eine zu viel sein.«

David merkte, dass Kannowsky unsicher wurde. Seine Haltung erschlaffte. Das war seine Chance. Blitzschnell sprang er nach vorn und rammte ihm die Scherbe in den Hals. Die Hacke glitt ihm aus den Händen und er presste sie auf die Wunde, aus der das Blut strömte.

»Sie Scheißkerl!«, schrie er. Taumelte durch den Keller. Das Blut spritzte auf die Pfirsiche, das Glas, die Wände. Er rannte durch einen schmalen Gang. David spurtete hinter ihm her.

Der dunkle Tunnel führte zur Rückseite des Hauses. Kannowsky öffnete eine Klappe in der Decke und feuchte Luft drang hinein. Er stieg die Leiter hinauf. David fasste ihn an der Hose und zog ihn hinunter. Mit einem Krachen landete Kannowsky auf dem Boden. Aus seinem Hals strömte das Blut den Gang entlang. Seine Brust hob und senkte sich noch wenige Male. Dann nichts mehr.

David kletterte über die Leiter nach draußen. Stille umfing ihn. Er stand direkt am Waldrand und sog die erdige Luft ein. In kleinen Schritten humpelte er zurück zum Haus, das feuchte Gras kühlte seinen Fuß.

Der Bagger wuchtete die Erde vom Laster in das riesige Loch. Nur wenige Stunden und von dem Keller und den Leichen wäre nichts mehr zu sehen.

Zwei Monate war es her, dass er wieder einen Menschen getötet hatte. Seine Hände hatten die Glasscherbe gegriffen und durch die dünne Haut am Hals gerammt, die Schlagader angeritzt und sich bis zum Kehlkopf gebohrt.

Die Sonne hatte ihre Kraft verloren. Hier oben kam der Winter früh. Er brauchte ausreichend Holz für den Ofen. Er würde bleiben.

David winkte den Arbeitern und ging zurück ins Haus. Im Inneren schritt die Renovierung voran. Die Räume rochen nach frischer Farbe. Für seine Praxis hatte er einen neuen Tisch und Computer angeschafft. Das große Vorzimmer abgeteilt, wodurch es einen Empfangstisch gab und er einen separaten Eingang zu seinem Wohnbereich bekam.

Es hatte gedauert, aber jetzt freute er sich auf die Arbeit. Auf das neue Leben.

Schritte schlurften hinter ihm ins Haus.

»Hallo Junge«, sagte ein alter Mann. Die Mütze in den Händen, seine Finger kneteten den Rand. Blasse blaue Augen sahen David an. Kleine Fältchen bildeten sich auf seinem Gesicht.

»Hallo Opa.« Er trat ihm entgegen, zögerte und schloss ihn dann lange in seine Arme. Tränen liefen ihm über die Wangen. Seit Wochen hatte er nicht mehr geweint. Um Emma.

»Ist gut, mein Junge. Alles wird gut.«

David schniefte und die Hand seines Großvaters klopfte ihm sanft auf den Rücken.

»Oma schickt mich. Sie hat einen Becherkuchen gebacken. Schokolade mit Marillenmarmelade«, er leckte sich über die Lippen. »Kannst du von hier weg? Eine Stunde oder so.« Er sah David an und ein flehender Ausdruck lag in seinen Augen.

»Ja. Omas Kuchen lass ich mir nicht entgehen.«
David lachte ihn an. Er freute sich, die alten Leute zu
besuchen. Kein einziges Mal war er zu ihnen raufge-
fahren, seit er hier im Dorf lebte.

»Ich sag kurz dem Bauleiter Bescheid, dass sie
dann zusperren.« David ging hinaus in den Garten.

Sein Großvater schaute sich um. Er kannte die
Praxis von früher. Auf einem kleinen Tischchen stand
ein Foto von seinem Sohn und dessen Frau. Zwölf
Jahre hatte er sie nicht mehr gesehen.

ENDE

Schmerzen weckten ihn. Tausende kleine Nadelstiche malträtierten seinen Rücken. Er drehte sich um. Sein Arm versagte. Schlaff hing er an ihm herab. Wildes Pochen und Pulsieren, bis die Taubheit verschwand.

Ein neuer Versuch. Er stützte die Hand auf die Matratze und richtete sich auf. Unter ihm lag eine Haarbürste mit drahtigen Borsten. Er lachte auf und drehte sie zwischen den Fingern.

Sein Kopf dröhnte und er rieb mit den Händen über seine Augen. Schaute sich um.

Der Raum war winzig, kaum größer als sein altes Kinderzimmer. Die Wände waren kahl, die Tapete vergilbt und hing in Fetzen herunter. Auf dem Boden lag ein fleckiger Teppich mit einem verblassten, rot-grünen Muster.

Wo war er? Nichts kam ihm bekannt vor. Er kniff die Augen zusammen und konzentrierte sich.

Woran erinnerst du dich? So eine Menge hast du gar nicht getrunken?

In letzter Zeit passierte ihm das öfter, dass er

bereits nach ein paar Gläsern einen totalen Filmriss hatte und am anderen Tag keine Ahnung mehr, wie er heimgekommen war.

Aber er war nicht zu Hause.

Die schmalen Fenster ließen ein wenig Licht hinein. Er stellte sich auf Zehenspitzen, um hinaus zu sehen. Maschendraht versperrte die Sicht. Nichts war zu hören. Keine Autos, keine Menschen. Die Griffe waren abmontiert und die Rahmen verschraubt.

Die Tür. Auf der anderen Seite war eine Stahltür. Die Klinke ließ sich nicht bewegen. Das Schlüsselloch zugeklebt. Kurz über dem Boden ein Lüftungsgitter. Er schrie: »Hilfe! Hallo, hört mich jemand?« Nichts, er lauschte seiner Stimme nach. Sie verhallte in der Luft.

Ihm wurde schwarz vor Augen. Sein Schädel explodierte jeden Moment. Er wankte zurück zum Bett und legte sich hin.

Der Duft von Kaffee arbeitete sich durch seine Nase in sein Gehirn. Er öffnete die Augen. Der Geruch kam von der Tür. Das Lüftungsgitter.

Er schwang die Beine aus dem Bett und lief darauf zu. Hockte sich hin, legte den Kopf nah heran und rief: »Hallo? Ist dort jemand?«

»Ah, Sie sind wach«, antwortete ihm eine tiefe Männerstimme.

»Wo bin ich hier? Lassen Sie mich raus!«

Grunzendes Lachen drang durch die Tür. »Sie sind witzig. Warum sollte ich das tun? Sie haben sich selber eingesperrt. Sie haben entschieden, bei dem Spiel mitzumachen«, sagte die Stimme.

»Welches Spiel? Ich verstehe kein Wort. Sie haben die falsche Person.«

»Nein, nein. Es hat alles seine Richtigkeit, Herr Kuperic.«

»Woher kennen Sie meinen Namen?«

»Wie gesagt, Sie haben selber entschieden. Vor fünf Jahren haben Sie unterschrieben, dass Sie freiwillig in Isolation gehen, sollten bei Ihnen jemals ähnliche Symptome auftreten, wie bei ihrem Vater.«

»Mein Vater hatte Alzheimer und ich habe damals eine normale Patientenverfügung unterzeichnet.«

»Für mich liest sich das anders. Sie haben hier geschrieben: *Sie möchten niemandem zur Last fallen, sollten Sie jemals die gleiche Krankheit erleiden.*«

Das durfte nicht wahr sein. Wer war dieser Wahnsinnige?

»Ja, das habe ich geschrieben. Aber damit meinte ich ein Pflegeheim oder Ähnliches. Und außerdem bin ich kein Alzheimerpatient.« Er schrie die letzten Worte. Speicheltropfen blieben an der Tür hängen.

»Sie erinnern sich, wie sie am Samstag nach Hause gekommen sind? Oder das Wochenende davor?«

»Nein. Ich hatte zu viel getrunken.«

»Das passiert Ihnen oft in den vergangenen Wochen. Es wird Zeit, damit aufzuhören. Sie sind schon jetzt eine Belastung für Ihre Mitmenschen und das wollten Sie doch nie.«

Mit einem lauten Knall schloss sich die Klappe

und das Belüftungsgitter war zu.

Er hörte das schrille Surren einer Bohrmaschine. Kreischend arbeitete sie sich in das Metall der Tür. Dann das leise Drehen von Schrauben. Der Raum war geschlossen.

2 Tage später

Die Scharniere quietschen und weckten ihn auf. Seine Lippen trocken und aufgeplatzt. In seinem Kopf nur Rauschen. Er drehte sich auf den Rücken. Kaum Kraft, die Arme abzustützen. Ein Mann kam auf ihn zu. Eine Maske vor dem Mund.

»Herr Kuperic, es wird Zeit. Sie sind soweit.« Er griff nach seinen Schultern und zog ihn auf die Füße.

»Ich kann nicht gehen. Ich brauche Wasser«, krächzte er.

»Machen Sie mal nicht schlapp, bevor wir angefangen haben«, fauchte er ihn an. »Markus, bring mal den Rollstuhl. Der schafft es sonst nicht.«

»Was passiert hier?«

»Ganz ruhig. Bald haben Sie es hinter sich. Und Sie werden sich wunderbar fühlen. Sie haben der Gesellschaft einen großen Dienst erwiesen.« Gemeinsam wuchteten sie ihn in den Rollstuhl und schoben ihn hinaus. Markus hielt ihm eine Flasche mit einem Strohhalm hin und er trank begierig. Es schmeckte bitter, das war ihm egal.

Sein Kopf wurde klarer. Sie rollten ihn durch grün

gestrichene Gänge. So schmal, dass er die Wände mit den Fingern berührte. Dann ein Aufzug. Markus drückte die 2, sie fuhren hinauf.

Gab es oben eine Möglichkeit? Schoss es ihm durch den Kopf.

Die Türen öffneten sich. Sie standen mitten in einem OP-Saal. Drei Männer in blauen Kitteln und Hauben warteten vor einer Liege. Die Gesichter von Masken verdeckt. Starrende Augen.

Er stemmte die Hände auf die Lehnen des Rollstuhls. Hievte sich hoch. Brach zusammen. Keine Kraft. Die vermummten Gestalten wiesen Markus an, ihn auf die Liege zu legen.

Das OP-Licht wurde eingeschalten, er kniff die Augen zu. Eine Hand griff nach seinem Arm, streckte ihn und stach eine Nadel in seine Vene. Die Flüssigkeit schoss durch seinen Körper. Die Finger wurden taub, dann der Hals, der Brustkorb, die Beine. Nur sein Kopf war wach. »Was haben Sie vor?«, fragte er in das Licht.

»Keine Angst, Sie werden keine Schmerzen haben. Wir erklären Ihnen alles während der Entnahme. Bis Sie sterben. Das wird in circa 30 Minuten sein. Die meisten machen nach der Leber schlapp.«

»Was heißt Entnahme? Lassen Sie mich sofort gehen. Ich will hier raus! Was seid ihr für Wahnsinnige?« Er schrie. Warf den Kopf hin und her. Speichel floss ihm aus dem Mund. Er konnte sich nicht rühren.

Sie kamen näher, die Skalpelle in der Hand.

DANKSAGUNG

Zuallererst danke ich Euch, liebe Leserinnen und Leser, dass Ihr euch mein Thriller Debut gekauft habt und mir damit einen Lebenstraum erfüllt. Aber keine Angst, nach einem Buch ist natürlich nicht gleich wieder Schluss. Der nächste Thriller wartet schon darauf, auf Papier gebannt zu werden. Und ich hoffe, Ihr seid wieder dabei.

Um die Zeit, bis dahin zu überbrücken, habe ich auf meiner Website **www.secretstories.at** noch ein paar Kurzgeschichten für Euch. Diesmal etwas zur Erheiterung. Und wenn Ihr Lust auf Reiseinspirationen und Kochvideos habt, dann schaut doch bei uns auf **www.ride-and-taste.com** vorbei.

Jetzt aber wieder weiter im Text ... ganz besonders Danke ich natürlich auch meiner Familie und meinen Freunden für ihre Unterstützung. Allen voran meinen Testlesern Nadja, Brigitte, Erika und Tom. Ohne euer Feedback hätte ich es sicher nicht geschafft.

Ein riesiges Dankeschön gilt meinem Partner in

Crime, Gerry. Ohne ihn wäre dieser Traum nie wahr geworden. Danke für deine Geduld, dein Verständnis, deine Liebe. Und deine vielen verrückten Ideen.

Eine Person darf ich hier nicht vergessen, jetzt quasi ein Kollege - Sebastian Fitzek. Denn sein Projekt #wirschreibenzuhause hat mich wieder zurück ins Schreiben gebracht. Und auch wenn meine Geschichte es nicht in sein Buch geschafft hat, so hat sie es in dieses Buch geschafft. Danke, Sebastian, für diese Motivation.

Gerne könnt ihr mir auch persönlich schreiben unter **viktoria@secretstories.at** Ich freue mich auf eure Nachrichten und wenn ihr gerade online seid, dann lasst mir doch eine Rezension da und gebt mir euer Feedback.

Liebe Grüße aus Wien
Eure Viktoria

ÜBER DIE AUTORIN:

Viktoria wurde 1980 in Frankfurt (Oder), Deutschland geboren. Getrieben vom Fernweh zog es sie direkt nach Schulabschluss ans andere Ende Deutschlands und kurze Zeit später hieß es alle Mann an Deck. Auf einem Flusskreuzfahrtschiff ging es die nächsten fünf Jahre von Amsterdam zum Schwarzen Meer. Dann ein kurzer Abstecher in die Schweiz und auf ging es in ihr neues Zuhause nach Österreich. Hier lebt sie seit 7 Jahren im schönen Wien.

Mit ihrem Debüt ACHT LEBEN stellt sie nun auch ihr eigenes Leben auf den Kopf.

Getreu ihrem Motto:

ES IST NIE ZU SPÄT, UM NEU ANZUFANGEN.